Carnaval!

Optocht 2008, Boemeldonk (Prinsenbeek)

Carnaval!

Van Agge mar Leut et, Hatsikidee, Salaai en Alaaf tot Houdoe

Rob van de Laar

met medewerking van

Piet van Lijssel en Sjef de Wit

COLOFON

CIP-gegevens Koninklijke Bibliotheek Den Haag
Laar R. van de
Carnaval! / Rob van de Laar – Beilen: Pharos uitgevers
ISBN 978 90 79399 26 0
NUR 694
Trefw. Carnaval, Immaterieel Erfgoed, Tradities, Volkscultuur

Eerste: druk januari 2011

Druk: Koninklijke Drukkerij C.C. Callenbach b.v., Nijkerk
Bindwerk: Stronkhorst Van der Esch Embé, Groningen
Vormgeving: Buro Barneveld, Houten
Teksten regionale anekdotes: Piet van Lijssel, Sjef de Wit
Ontwikkeling en eindredactie: Erfgoed Brabant / Anne-Wil Maris, Jurgen Pigmans

Het eerste exemplaar van *Carnaval!* werd op 11 januari 2011 om 11.11 uur aangeboden aan burgemeester Han Polman van Bergen op Zoom ter gelegenheid van het 66-jarig bestaan van de Stichting Vastenavend.

Carnaval! is het eerste deel in de reeks Volkscultuur en Immaterieel Erfgoed, een initiatief van het Nederlands Centrum voor Volkscultuur en Pharos uitgevers in het kader van de Jaren van het Immaterieel Erfgoed 2011-2012.

Inhoud

Betekenisvol erfgoed

Van Oeteldonk tot Pinnekleuversgat en van Kielegat tot Zeven Bulten Land, elk jaar viert heel Brabant drie dagen uitbundig carnaval. Als een vrolijke en speelse opmaat naar de vastentijd is het carnaval een eeuwenoude traditie, diepgeworteld in de Brabantse samenleving. Carnaval hoort bij Brabant. Het feest is onderdeel van ons culturele erfgoed en heeft eigen, unieke tradities. Elke stad en ieder dorp heeft zijn eigen carnavalsverenigingen, Prins Carnaval is er drie dagen de baas, tonproaters nemen in dialect de actualiteit op de hak, carnavalsoptochten trekken duizenden mensen. Met carnaval gelden geen rangen en standen. Het is het feest van de verbroedering, van de verbinding tussen mensen. Carnaval is een uniek volksfeest, een wezenlijk onderdeel van de identiteit van lokale gemeenschappen. Het versterkt de sociale cohesie. Mensen ontmoeten elkaar in het café of op straat, zingen mee met dweil- en carnavalsorkesten, vallen uit hun rol van alledag. Kortom, zij genieten de kunst van het samenleven en het samen vieren. Carnaval hoort bij Brabant. Laten we er zuinig op zijn.

Wim van de Donk

Commissaris van de Koningin in de provincie Noord-Brabant, Beschermheer van de Brabantse Carnavals Federatie

Brood

1 Voorgeschiedenis

Rituele handelingen

Vanaf het moment dat de mens zijn eigen bestaan en dat van zijn omgeving ging beseffen, is hij zich gaan afvragen waarom alles dat hij ondervond, zo was zoals het was. Niet gehinderd door enige kennis van de wijze waarop de natuur functioneert, zoals wij dat heden ten dage weten, is hij de verantwoordelijkheid voor al dat verwonderlijke gaan toeschrijven aan door hem zelf bedachte hogere machten. In de perceptie waarin men toen dacht waren die hogere machten geesten, demonen en goden die in mensen- en of diergedaanten bestonden en ieder een of meerdere afzonderlijke verantwoordelijkheden droegen. Zo waren er watergeesten, zonnegoden, vruchtbaarheidsgodinnen etc. Ofschoon hen grote macht en kracht werden toegedicht hadden deze hogere machten menselijke trekjes en kenden zij onderlinge verhoudingen. De mens verzon er complete sagen en mythen rondom waarmee hij het onverklaarbare meende te kunnen uitleggen. Deze 'menselijke' goden hadden uiteraard goede en slechte eigenschappen en werden beïnvloedbaar geacht. Om die reden ontstonden in de loop der tijd rituelen waarmee men probeerde om ongunstige natuurverschijnselen, waarvoor de geesten- en godenwereld de verantwoording droeg, ten goede te keren.
Het meest indringende natuurverschijnsel was wel dat van de wisseling van de seizoenen: de overgang van het warme, lichte en vruchtbare seizoen naar het koude, donkere en onvruchtbare jaargetijde. De winter was, hetgeen wij ons met onze warme kleding, centrale verwarming, elektrische verlichting en goede voedselvoorziening nauwelijks meer kunnen voorstellen, een tijd waarbij ziekte en dood op de loer lagen. Geen wonder dus dat men juist in dit jaargetijde, vanaf het moment dat het zich aandiende in oktober/november tot en met februari/maart, allerlei rituele handelingen uitoefende om toch maar zo snel mogelijk de zon en daarmee de vruchtbaarheid, te laten terugkeren. Met vuren, maskers en kabaal trachtte men de boze wintergeesten te verjagen en met verkleedpartijen, feesten en offerandes de goede geesten en goden aan te sporen om de komst van de zomer te bespoedigen. In alle culturen van de verscheidene volkeren op aarde komen we dit gegeven tegen.

De Keltische god van o.a. de vruchtbaarheid, Cernunnos Esus, op de zilveren ketel van Gundestrup

De ontvoering van Persephone

Smeltkroes

Ver voordat Julius Caesar met zijn legioenen in de eerste eeuw voor onze jaartelling het Brabantse gebied toevoegde aan het immense Romeinse rijk bewoonde natuurvolken al deze streken. Kelten en Germanen leefden in kleine stammen naast elkaar en waren in hun dagelijkse behoeften sterk aangewezen op wat de natuur hen bood. Ook zij moeten zich, zoals bij alle natuurvolkeren aantoonbaar is, verwonderd hebben over de natuur die hen meerdere gezichten toonde. Welke vaste rituelen de hier wonende volkeren er precies op na hielden, is echter niet bekend. Dat deze gericht waren op bespoediging van de terugkeer van de zon, staat buiten kijf, evenals het feit dat de handelingen ook hier gepaard gingen met offerandes, verkleedpartijen, en feestelijke eet- en drinkgelagen.

Ook de Romeinen kenden van oudsher dergelijke handelingen, die uiteraard verschilden met die van de hier aanwezige stammen, maar toch zeker op hetzelfde gericht waren. De feesten zoals die van de zaaigod Saturnus en het oorspronkelijk rituele reinigingsfeest van de Lupercalia, respectievelijk gevierd in december en februari, zijn daar slechts enkele voorbeelden van. De rituelen die hiermee gepaard gingen, betroffen eveneens verkleedpartijen, het dragen van maskers en het feestelijk bovenmatig eten en drinken. Bij de saturnaliën had zelfs een rolomkering plaats waarbij de slaven gedurende een periode door

de heer aan de maaltijd werden bediend.
Toen de Romeinse legionairs zich hier vestigden raakten zij in contact met de inheemse bevolking en op den duur moet er een soort van smeltkroes zijn ontstaan waarin men over en weer rituele handelingen overnam.
Het laat zich raden dat al deze heidense taferelen voor de opkomende christelijke kerk, die slechts geloofde in één godheid, een doorn in het oog waren. Regelmatig brachten de missionarissen de paus op de hoogte van de 'onoirbare handelingen' die de bevolking hier in de ogen van geestelijkheid pleegde en waarvan men intussen de reden van het ontstaan niet meer kende. Enerzijds trachtte de Kerk door verboden deze festiviteiten uit te bannen, anderzijds poogde ze deze als het ware te verstoppen achter christelijke feestdagen die op diezelfde dagen werden gepland. Zo geschiedde onder meer met het feest van de Romeinse onoverwinnelijke zon, 'Sol Invictus', dat zij op 25 december vierden. Op 21 december, enige dagen daarvoor vierden de Germanen in feite hetzelfde, zij noemden het alleen het Joelfeest. Het waren in feite feesten van de zonnewende, maar de christelijke keizer Constantijn bepaalde dat het de feestdag van de geboorte van het Licht van Christus diende te zijn. Meerdere, voor ons inmiddels nauwelijks meer te traceren handelingen, zijn op die wijze verbonden geraakt met diverse christelijke feestdagen.

Romeins vruchtbaarheidsfeest ter ere van de god Lupercus

Ginneken

De Baron van 't Lest Ogenblik

In het begin van de zeventiende eeuw kreeg het schilderachtige Ginneken al te maken met een heuse allochtoon, Baron Charles le Dernièrre du Moment, die meekwam met het Spaanse leger en zijn intrek nam in het riante huis 'Mon Plaisir'.
Meneer de Baron voelde zich hier al gauw thuis en werd zeer regelmatig gezien in de dorpsherberg. Ondanks de bittere tijden van de Tachtigjarige Oorlog waren er toch regelmatig zeer uitbundige feestjes, door de jonker – in de volksmond Ome Karel genoemd – voorzien van voldoende bier.

De schout en schepenen probeerden met alle middelen de losbandige feestjes te dwarsbomen en het liep uit op een confrontatie met Ome Karel. Toen het gerucht de ronde deed dat de Baron gearresteerd zou worden, vluchtte hij op zijn snelste paard naar veiliger oorden. Hij is niet meer teruggezien.
In 1968 vond men tijdens graafwerkzaamheden op de Ginnekenmarkt een kistje. Hierin bevond zich het testament dat Ome Karel net voor zijn vlucht had begraven. Na bestudering van het testament en het uitvoerige stamboomonderzoek bleek er in Parijs nog familie te wonen van de Baron. Men zocht contact met deze nazaten en toen zij hoorden dat hun voorvader Baron was, ging de familie 'Le Dernièrre du Moment' in beraad. Er werd afgesproken om de titel bij toerbeurt te dragen. De Baron van dienst zou dan naar 't Ginneken gaan om daar tijdens de carnavalsdagen de polonaise te leiden. Op dinsdagavond wordt zodoende de Baron in een droeve stoet naar de markt gebracht. Onder klaroengeschal volgen daar dan voor hem, liggend op een bar, drie rondjes om de pomp die worden afgesloten met de kreet "Le Baron est mort, vive le Baron". Vervolgens mag Ome Karel weer voor een jaartje verdwijnen: "hij kon naar de pomp lopen!"

Rijsbergen

DE AOPOLANEN

Huisversiering

Of het nu Sinterklaas, Kerstmis of carnaval is, overal zijn versierde huizen te zien. Bij het WK voetbal zien we zelfs hele straten verkleuren. Sommige mensen schieten dan compleet door, terwijl anderen volstaan met een simpele vlag of een leuk poppeke voor het raam. De bewoners van Aopelaand zijn aan de slag gegaan om deze versierdrift handen en voeten te geven. De meeste mensen kennen het spreekwoord "al draagt een aap een gouden ring, het is en blijft een lelijk ding". Rijsbergen heeft hiervan een eigen variant: "Al draagt mijn huis alleen een strik, wij Aopelaanders zijn hiermee al in ons schik."

De voorbereidingen beginnen bij sommige straten al maanden van te voren. In schuurtjes en wijkhuizen worden allerlei creaties bedacht om de huizen en straten aan te kleden. Soms rondom het jaarlijkse carnavalsmotto, soms rondom de naam van de straat of soms rondom persoonlijkere beweegredenen. Uiterlijk een week voor carnaval wordt alle versiering aangebracht en op de vrijdagmiddag voor het carnavalsweekend gaat de jury op pad. Deze heeft een heus juryrapport bij zich en let op een breed scala aan voorwaarden: verwerking van het motto, carnavaleske uitstraling, sfeer, kleur, afwerking, eenheid, gebruik van de ruimtes en ook naar de betrokkenheid van de buurt. Voor een afzonderlijk huis zijn zodoende 70 punten te verdienen, en voor een gehele straat zelfs 80 punten. In 2010 scoorde de nummer één zowel bij de huizen, als bij de straten 84%. BN/De Stem berichtte: "Kijk zo hoort het, daaruit blijkt: WE ZIJN KLAAR VOOR CARNAVAL!"

2 Late Middeleeuwen

Ontstaan van de 'vastelavont'

Het precieze ontstaan van de Vastenavond of, zoals in de oudste bronnen wordt gemeld 'vastelavont', is eveneens niet meer precies te achterhalen, maar de instelling van het begin van de veertigdaagse vasten vóór Pasen op Aswoensdag, tijdens het Concilie van Benevento in 1091, moet een keerpunt zijn geweest. Vanaf toen was het niet meer mogelijk om zich in die tijd te verlustigen aan feesten en partijen en zeker niet aan handelingen die van heidense oorsprong zouden zijn. De laatste mogelijkheid daartoe werd vanaf dan geboden op de dagen vóór Aswoensdag. En zo moeten, uiteraard geleidelijk aan, de drie dagen daarvoor ingevuld zijn met feestelijke, van oorsprong rituele handelingen, die wij vandaag de dag Vastenavond of carnaval noemen. Ook deze tradities waren van oorsprong van heidensrituele oorsprong: kostumering, maskers en ketelmuziek ter verjaging van de winterdemonen, toneelspel en liederen met persiflage en parodie als rituele reiniging. Het werd het feest van de avond vóór de vastentijd: nog eenmaal je te buiten gaan voordat men het vasten in alle eenvoud onderging. Het feest raakte op deze wijze, in velerlei lokale vormen, wijd verbreid over geheel Europa.

Kluchtige spelen

Net als in de rest van Europa vonden ook in het gebied van het huidige Brabant vastelavontfeesten plaats en net als elders moeten we daarbij veronderstellen dat deze, vooral in de stedelijke samenlevingen, gepaard gingen met muziek, spel, zang, dans, eet- en drinkpartijen, al was dat uiteraard van streek tot streek en van plaats tot plaats verschillend. Op het platteland zal men het feest vooral binnenshuis hebben gevierd, terwijl de jeugd in de dorpen op de pleinen lustig feestvierde en men met de rommel- of foekepot langs de huizen trok om hier en daar wat giften op te halen.

De eerste vermelding die ons in Brabant op het spoor brengt van enige vorm van vastenavondvermaak vinden we in Zevenbergen. Daar trakteerde Jan van Zevenbergen, de broer van Heer van Zevenbergen, Hugeman II, de gasten van zijn kasteel in 1364 op een kleine Vastenavond. Moeten we echter de zestiende-eeuwse kroniek van de Bossche kroniekschrijver Albertus Cuperinus geloven,

De vastenavondklucht 'De vuile bruid'

dan had 's-Hertogenbosch al vastenavondfeesten vanaf zo'n beetje de stichting van de stad in de twaalfde eeuw. In die tijd was er, volgens zijn zeggen, een tweespalt gaande die door Hertog Hendrik zelf hoogstpersoonlijk zou zijn bijgelegd waarbij hij bepaalde dat, ter herinnering hieraan, 'opten vastelavont' een wedstrijd zou zijn met gevecht van hanen 'op den stadthuijs'. Tot in de zestiende eeuw vinden we overigens over het houden van deze dieronvriendelijke wedstrijden archiefbewijzen. Vermakelijke spelletjes en spelen vormden een vast onderdeel van vooral de stedelijke vastelavondvieringen zoals we onder andere zien in Bergen op Zoom waar de rederijkerskamer de 'Vreugdebloeme' in 1475 het Spel van de Zeven Eeuwen (scheppingsverhaal) opvoerde. In 1492 treffen we in Breda de 'Gezellen van de heer van Keijenburg' aan en zes jaar later vermeldt de rekening van de Bossche magistraat dat er 36 karren zand werden aangevoerd voor een steekspel op de Markt 'met scilde en spere'. Breda voerde in 1514 zelfs wellicht de eerste carnavalsprins ten tonele: Roever Jan, Prins der zotten. Een bekend spel was dat van de 'vuijlbruijt', waarbij men een plaatselijk vrouwspersoon te kijk zette die overspel had gepleegd. De zestiende-eeuwse Bossche humanist Macropedius, leraar aan de latijnse school, schreef voor de Vastenavond kluchtige toneelspelen zoals de 'Bassarus'. Bergen op Zoom laat zelfs in het midden van de zestiende eeuw een traditie zien van jaarlijkse vastenavondkluchten op de grote Markt. Vanwege bezuinigingen kwam daar in 1550 echter een einde aan.

Vastenavondoptocht.

Vastenavondrondedans

Eten en drinken

In de rekeningen van gasthuizen, kloosters en gemeentebesturen treffen we regelmatig betalingen aan van extra geld voor een potje bier en extra vlees. Vanwege 'Rasende Manendag' was de Ambtman van Grave bereid om in 1447 de magistraat te trakteren. Hierop verraste het stadsbestuur op zijn beurt de ambtman met enkele liters wijn. In Bergen op Zoom richtte men op het einde van de vijftiende eeuw op het stadhuis een jaarlijks feestmaal aan waarbij de Heer en/of Jonkvrouw 'nader oudere costumen' aanzaten. Op het menu trof men wijn en gebak aan. Het aantal feestmalen liep zelfs op tot driemaal, op zondag, maandag èn dinsdag, respectievelijk voor de Observanten, de Heer van Bergen en de drossaard met de wethouders. Overigens vielen ook de Bisschop van Leons, de heer van Sint Truyden, de vicaris van Kamerijk en vele anderen deze eer tot diep in de zestiende eeuw te beurt. Dat men zich vanwege de vastelavont geen enkele beperking in deze oplegde blijkt uit de opmerking van de secretaris van de Bossche schepenbank in 1479. Op 23 februari van dat jaar viel zowel de Vastenavond als het feest van Sint Mathijs. Aan de laatste viering was een onthoudingsdag verbonden, maar de Bosschenaren hielden zich daar in het geheel niet aan. De secretaris vond dat zo wonderlijk dat hij in de marge van zijn protocol daar een aantekening over maakte en er zelfs nog een handje bijtekende!

Muziek en verkleedpartijen

Muziek moet ook toen een vast onderdeel zijn geweest van de festiviteiten. In Bergen op Zoom werden in 1413 een fluitspeler en een 'Barger' betaald voor hun muzikale inbreng. Ongetwijfeld moeten de in de steden aanwezige stadspijpers en stadsspeellieden daarin ook hun aandeel hebben gehad, al treffen we daar in de bronnen niet veel meer aan dan het eerdergenoemde en het bericht dat in 1530 te 's-Hertogenbosch verboden wordt om 'met trommelen ende trompetten' te spelen. Ook van vermommingen en verkleedpartijen vernemen we niets meer in de archieven dan in hetzelfde genoemde verbod van stadswege. Bij gebrek aan archivalische bronnen krijgen we een redelijk beeld van de vastenavondviering op schilderijen van Jheronimus Bosch, navolgers van hem en met name het schilderij van Pieter Brueghel de Oude 'Strijd tussen vasten en Vastenavond' (1559).

Het Narrenschip van Jheronimus Bosch

Daarop treffen we zowel muzikanten aan, met onder meer rommelpot en ketels, alsmede vermommingen, verkleedpartijen, spelletjes waaronder dobbelen, kluchtige spelen en drinkgelagen. Of het gilde van de Blauwe Schuit in Brabant actief is geweest, is in het geheel niet bewezen. De 'blaeu scute' die in de zestiende eeuw in de processies van Bergen op Zoom werd meegevoerd, had echter vrijwel zeker niets met de Vastenavond uitstaande. Wel duidt het schilderij 'Het Narrenschip' van Jheronimus Bosch, een gravure van de blauwe schuit, alsmede de benaming van huizen zoals in 's-Hertogenbosch erop, dat men hiermee bekend was. Verder reikt onze kennis op dat gebied echter niet.

Verboden

Het feest leidde in al zijn uitbundigheid uiteraard tot spanningen in de stedelijke samenlevingen. Zag de samenleving het eerst als een welkome uitlaatklep ter bevestiging van de gevestigde orde in de rest van het jaar, in latere tijden werd het feest vaak gebruikt als protest tegen diezelfde orde. Wanneer het de stedelijke magistraat dan ook te bont werd, vaardigde zij verboden uit. Speciaal wanneer er onrust in de buurt was zoals in 's-Hertogenbosch, waar rondtrekkende bendes onder leiding van de Gelderse legeraanvoerder Maarten van Rossum in 1512 de buurt onveilig maakten en men dientengevolge alle uiterlijk vertoon met de vastelavont verbood. In Oss hadden de Gelderse bendes dat al in 1497

Het turfschip van Breda

ook met de vastelavond geprobeerd. In 1530, herhaald in 1565, werden daar wederom verboden uitgevaardigd. De Bredase magistraat probeerde vanaf 1581 met regelmatige publicaties maatregelen te nemen tegen de 'mommerijen'. We zitten dan echter in de roerige tijden van de Tachtigjarige Oorlog waarin menig bestuur de rust zoveel mogelijk trachtte te bewaren. Vermeldenswaard in deze is dat in 1589 de Spanjaarden handig gebruik maakten van het uitbundig in Breda gevierde vastelavondfeest. Verstopt in een turfschip, als ware het het Paard van Troje, wisten zij de wellicht in andere sferen verkerende wachters om de tuin te leiden en de stad ongezien binnen te dringen.

Bergen op Zoom

Boeremaaltijd

Met een Prinselijk 'gerijke' komt de prins met zijn gevolg aan op de Markt, waar hij van de burgemeester de sleutel van de vesting Bergen op Zoom krijgt. Demonstratief trekt de burgemeester zijn pak uit en legt zijn ambtsketen af: het teken dat hij de macht overdraagt. Vanaf nu wordt zijn taak overgenomen door de Gróótste Boer en wordt de prins opnieuw welkom geheten. Men loopt daarna naar de oudste herberg van Nederland en daar worden de Prins en zijn gevolg door de Gróótste Boer bijgepraat over het wel en wee van de stad. Hij doet dat staand op een echte biljarttafel, het zogenoemde 'Pratje op d'n biljart'.

Als bekroning van de machtsoverdracht worden de Grote Raad (Stichting Vastenavend) en de Kleine Raad (gemeenteraad) door de Prins uitgenodigd voor een Boeremaaltijd. In het stadhuis vinden ruim 150 personen een plekje, zittend op houten banken aan houten tafels met een boerenbondkleedje op de tafel, om te kunnen genieten van een groot bord boerenkool met worst, waarbij de worst lijkt te drijven in een kuiltje van jus.

Onder en ná het genot van de maaltijd worden de gasten geamuseerd door optredens van onder andere de nar, Steketee, de dweilploeg, maar ook van gemeenteraadsleden, wethouders én burgemeesters. Veel oud-burgemeesters schuiven namelijk regelmatig aan. Ook zij treden op ludieke wijze voor het voetlicht. En ook zij hebben, net als alle andere optredens, last van het publiek, dat probeert op ludieke wijze het optreden te verstoren: door schoenveters los te maken, sokken vol te gieten met bier, benen in te smeren met bier en ga zo maar door. Ook de grootste Bergse schrijver zat regelmatig aan tafel: Willem Asselbergs, beter bekend onder zijn schrijversnaam 'Anton van Duinkerken'. Hij heeft in het Krabbegat zelfs de bijnaam 'Krabbegeneraal' gekregen.

Anton van Duinkerken

Cromvoirt

De Boerenbruiloft

Direct na de grote vakantie brengen alle bestuursleden van het Cromvoirtse carnaval twee kandidaten in die kunnen optreden als 'Bruid en Bruidegom' van de jaarlijkse Boerenbruiloft. Aanstaande bruid en bruidegom worden afzonderlijk gevraagd en pas als ze allebei hebben toegestemd, krijgen ze te horen wie hun partner wordt. Het aanstaande paar gaat in de komende weken zelf op zoek naar geschikte ouders, eerste klas getuigen, verder familie zoals een heeroom of tante nonneke, een toepasselijke naam en natuurlijk een spetterende boerenoutfit.

In het dorp gonst het ondertussen van de geruchten; soms denkt men te weten wie het bruidspaar is, maar dit wordt pas onthuld als de carnavalskrant uitkomt. In deze krant stelt het paar zich voor en worden de dorpsbewoners uitgenodigd voor de bruiloft.

De bruiloft vindt plaats op zaterdagavond, maar op vrijdagavond wordt de bruid alvast door stichtingsleden 'losgeschoten'. Na het losschieten wordt met vereende krachten een vaatje 'kwanselbier' burgemeester gemaakt. Het losschieten en het kwanselbier zijn overblijfselen van een oud gebruik in Cromvoirt: op deze manier ging de bruid in ondertrouw. De vrijgezelle buurjongens vuurden dan een half uur lang hun melkbussen met carbid af om vervolgens loon naar werken te krijgen, in de vorm van kwanselbier. Deze beloning moest voorkomen dat de huwelijksdag door hen verstierd zou worden.

In de vroege zaterdagavond van de Boerenbruiloft haalt de bruidegom zijn bruid met een origineel en ludiek vervoermiddel op voor de kerkelijke inzegening, tijdens de carnavalsmis. Onder de klanken van onvervalste carnavalsmuziek wordt dan in de kerk door de pastoor het echtpaar in de onecht verbonden. Buiten wacht de ambtenaar van de burgerlijke stand om hetzelfde te doen.

Iedereen is vervolgens door het bruidspaar en uit naam van 'beider ouders' uitgenodigd voor het feest, dat begint met een staande receptie, gevolgd door een avond met sketches en optredens. Het officiële einde volgt pas op de volgende dag, met een traditioneel dorpsontbijt.

3 De Hervorming – Staats-Brabant

Van Paepsche stoutigheyt en Bacchusfeesten

In de delen van Brabant waar de Republiek der Zeven Verenigde Nederlanden de macht overnam, kregen de hervormden het voor het zeggen. Deze waren bepaald niet ingenomen met de vastelavontviering, die zij betitelden als 'paepsche stoutigheyt' of 'bacchusfeesten'. Het protestantisme in deze streken baseerde zich op de stellingen van Calvijn en deze had al gesteld dat een arbeidzaam leven zich niet verhield tot braspartijen. Hij riep op tot ingetogenheid. Vanaf de tweede helft van de zestiende eeuw zien we dan ook dat verschillende steden met een Hervormd bestuur ertoe overgaan om verbodsbepalingen in te stellen. Ondanks die overgang naar een hervormd bestuur in Bergen op Zoom (1580) treffen we daar in 1594 toch nog een vastenavondactiviteit aan: het schippersgilde ontving toen een ton bier van het stadsbestuur, omdat zij 'te watere gesteken ende de ganse getrocken hadden'. Het 'ganstrekken' was een spel waarbij een levende gans aan een strak gespannen touw over de straat, en in dit geval over de haven, werd gehangen. Men moest vervolgens proberen om in één gang de met zeep ingesmeerde kop eraf te trekken. Het was een populair vastenavondspel in heel Brabant, dat pas in de negentiende eeuw geheel uitgeroeid zou worden.
Ondanks de roerige tijden die zeker tot het einde van de Tachtigjarige Oorlog in 1648 duurden, komen we, weliswaar sporadisch, gegevens tegen die erop duidden dat men de vastelavontviering toch niet vergat. In Oosterhout liep de viering door jongelui volledig uit de hand en veroorzaakte schermutselingen. In Tilburg vermeldt de rekening dat Claer van Lier en Cornelis Laureijssens in 1616 geld ontvingen voor de viering van de Vastenavond. In de stadsrekeningen van 's-Hertogenbosch uit die tijd staan nog jaarlijkse posten vermeld waarbij stadsarbeiders en gilden stuvers en schellingen worden uitgekeerd voor 'heure vastelavont naer auwer manieren'.
In 1630 klaagden de Hervormde kerkelijke autoriteiten van Bergen op Zoom dat jonge mannen op Vastenavond verkleed en gemas-

kerd gingen. De klacht leidde tot een eerste publicatie waarbij het Hervormde bestuur de bevolking verbood om in maskeraden te 'lopen en schandaleuse of onbehoorlijke' activiteiten te ontplooien. Maar het hielp niet. In 1646 volgde een strikter verbod.
Ook in 's-Hertogenbosch ontspon zich toen een jacht op het bestaan van de vastenavondviering. Het keerpunt voor laatstgenoemde stad was het roemruchte jaar 1629, waarin Frederik Hendrik na een langdurig beleg de stad onder de Republiek bracht en een Hervormd stadsbestuur de leiding in handen nam. De uitoefening van het katholieke geloof werd vanaf dan verboden en de kerken en kapellen onttrokken aan de katholieke eredienst. Na een eerste, kennelijk mislukte, poging in 1634 besloot de kerkenraad in 1635 om de Hoogschout te verzoeken 'dat de vastelavont speelen item het masquerade gaen mochte werden geinterdiceert ende diergelijcke insolentiën diemen opde Bacchusdaghen alhier gewoon is te pleeghen'. Vanaf dat moment wordt deze publicatie jaarlijks 'lanxs de straeten' en vanaf de pui van het stadhuis voorgelezen. Toen in 1648, bij de Vrede van Munster, het noordelijke gedeelte van het Hertogdom Brabant definitief bij de Republiek werd gevoegd, namen de verboden in het nu Staats-Brabant genoemde landsdeel toe. Oirschot kreeg zijn verbod op mommerij in 1656 waarbij met name het sprokkelen van hout voor het vastenavondvuur genoemd werd. Helmond volgde met verbodsbepalingen in 1660 en de Eindhovense vastenavondvierders moesten er in 1668 aan geloven. In 1684 kwam de kerkenraad van de Bredase Hervormde kerk nog in opstand tegen de vrije dagen die het schoolbestuur op de 'latijnsche schole' voor de Vastenavond gaf. Door ingrijpen van de magistraat kwam hier een eind aan.

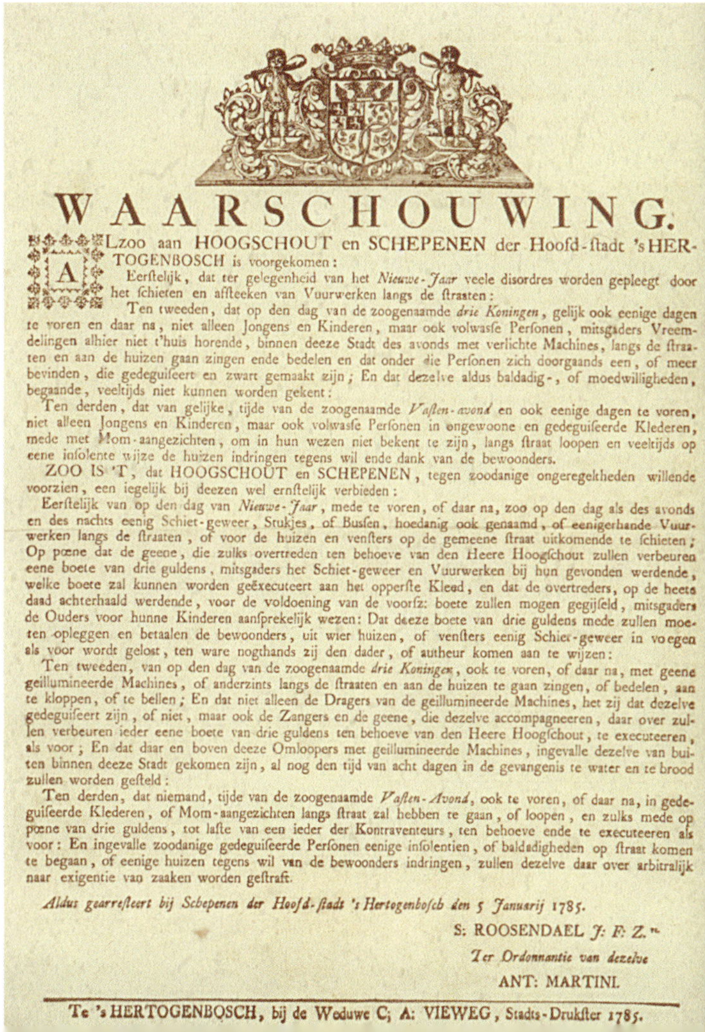

WAARSCHOUWING.

ALzoo aan HOOGSCHOUT en SCHEPENEN der Hoofd-ſtadt 's HERTOGENBOSCH is voorgekomen:

Eerſtelijk, dat ter gelegenheid van het *Nieuwe-Jaar* veele disordres worden gepleegt door het ſchieten en affteeken van Vuurwerken langs de ſtraaten:

Ten tweeden, dat op den dag van de zoogenaamde *drie Koningen*, gelijk ook eenige dagen te voren en daar na, niet alleen Jongens en Kinderen, maar ook volwasſe Perſonen, mitsgaders Vreemdelingen alhier niet t'huis horende, binnen deeze Stadt des avonds met verlichte Machines, langs de ſtraaten en aan de huizen gaan zingen ende bedelen en dat onder die Perſonen zich doorgaands een, of meer bevinden, die gedeguiſeert en zwart gemaakt zijn; En dat dezelve aldus baldadig-, of moedwilligheden, begaande, veeltijds niet kunnen worden gekent:

Ten derden, dat van gelijke, tijde van de zoogenaamde *Vaſten-avond* en ook eenige dagen te voren, niet alleen Jongens en Kinderen, maar ook volwasſe Perſonen in ongewoone en gedeguiſeerde Klederen, mede met Mom-aangezichten, om in hun wezen niet bekent te zijn, langs ſtraat loopen en veeltijds op eene inſolente wijze de huizen indringen tegens wil ende dank van de bewoonders.

ZOO IS 'T, dat HOOGSCHOUT en SCHEPENEN, tegen zoodanige ongeregeltheden willende voorzien, een iegelijk bij deezen wel ernſtelijk verbieden:

Eerſtelijk van op den dag van *Nieuwe-Jaar*, mede te voren, of daar na, zoo op den dag als des avonds en des nachts eenig Schiet-geweer, Stukjes, of Busſen, hoedanig ook genaamd, of eenigerhande Vuurwerken langs de ſtraaten, of voor de huizen en venſters op de gemeene ſtraat uitkomende te ſchieten; Op pœne dat de geene, die zulks overtreden ten behoeve van den Heere Hoogſchout zullen verbeuren eene boete van drie guldens, mitsgaders het Schiet-geweer en Vuurwerken bij hun gevonden werdende, welke boete zal kunnen worden geëxecuteert aan het opperſte Kleed, en dat de overtreders, op de heete daad achterhaald werdende, voor de voldoening van de voorſz: boete zullen mogen gegijſeld, mitsgaders de Ouders voor hunne Kinderen aanſprekelijk wezen: Dat deeze boete van drie guldens mede zullen moeten opleggen en betaalen de bewoonders, uit wier huizen, of venſters eenig Schiet-geweer in voegen als voor wordt gelost, ten ware nogthands zij den dader, of autheur komen aan te wijzen:

Ten tweeden, van op den dag van de zoogenaamde *drie Koningen*, ook te voren, of daar na, met geene geillumineerde Machines, of anderzints langs de ſtraaten en aan de huizen te gaan zingen, of bedelen, aan te kloppen, of te bellen; En dat niet alleen de Dragers van de geillumineerde Machines, het zij dat dezelve gedeguiſeert zijn, of niet, maar ook de Zangers en de geene, die dezelve accompagneeren, daar over zullen verbeuren ieder eene boete van drie guldens ten behoeve van den Heere Hoogſchout, te executeeren, als voor; En dat daar en boven deeze Omloopers met geillumineerde Machines, ingevalle dezelve van buiten binnen deeze Stadt gekomen zijn, al nog den tijd van acht dagen in de gevangenis te water en te brood zullen worden geſteld:

Ten derden, dat niemand, tijde van de zoogenaamde *Vaſten-Avond*, ook te voren, of daar na, in gedeguiſeerde Klederen, of Mom-aangezichten langs ſtraat zal hebben te gaan, of loopen, en zulks mede op pœne van drie guldens, tot laſte van een ieder der Kontraventeurs, ten behoeve ende te executeeren als voor: En ingevalle zoodanige gedeguiſeerde Perſonen eenige inſolentien, of baldadigheden op ſtraat komen te begaan, of eenige huizen tegens wil van de bewoonders indringen, zullen dezelve daar over arbitralijk naar exigentie van zaaken worden geſtraft.

Aldus gearreſteert bij Schepenen der Hoofd-ſtadt 's Hertogenboſch den 5 Januarij 1785.

S: ROOSENDAEL *J: F: Z.*ⁿ

Ter Ordonnantie van dezelve

ANT: MARTINI.

Te 's HERTOGENBOSCH, bij de Woduwe C; A: VIEWEG, Stads-Drukſter 1785.

Vastenavond in het bloed

Gezien de veelvuldige, vaak jaarlijkse herhalingen, met zelfs steeds hogere strafmaten, waren de publicaties in Brabant kennelijk zonder succes. Daar waar de inperking de uiteindelijke verdwijning van het feest boven de grote rivieren tot gevolg had, bleef men in dit generaliteitsgebied, zij het niet meer zo uitbundig, het feest trouw. Niet meer wetend van de uiteindelijk heidense oorsprong zal men de vastenavondviering ervaren hebben als uitvloeisel van het katholieke geloof.
Zo zagen de Hervormden het in ieder geval wel, getuige hun betiteling van 'paepsche stoutigheyt'. Verkleedpartijen en maskerades bleven in de steden in beperkte mate bestaan, evenals de spelen van het haanknuppelen, ganstrekken en het lopen met de rommel/foekepot op het platteland. De Bredase bevolking liet zich kennelijk helemaal niets gelegen liggen aan enige verbodsbepaling. Zo beschrijft de auteur Jacob Campo Weyerman zijn vastenavondbelevenissen in 1707 waarbij hij het feest zonder enig beletsel blijkt te kunnen vieren. In die tijd had Breda zelfs een carnavalsnaam: Abdera. Het schoolreglement van Fransche en Duijtsche scholen in 's-Hertogenbosch, dat in 1719 werd vastgesteld, benoemde vrije dagen waaronder de Vastenavond. Wellicht was men daar niet meer in staat om de feestvierende jeugd op school te houden. Gesteld mag worden dat in de loop van de achttiende eeuw de Hervormde bestuurders een soepeler houding gingen aannemen jegens de katholieke Brabanders. Het geloof in een protestantisering van dit staatse gewest nam sterk af. Het houden van godsdienstoefeningen werd oogluikend toege-

17e Eeuwse gevelsteen van het Bossche huis voor geesteszieken

staan. Men bleef echter pogen om de 'paapse' vastenavondviering, en uiteraard de excessen daarvan, in te dammen, maar zonder het gestelde doel te bereiken. In Waalwijk liet een gereformeerde kostschoolhouder in 1739 zelfs komediespelen houden, waarna men verkleed door Waalwijk en Besoijen liep. Ingrijpen van de kerkenraad voorkwam verdere escalatie. In datzelfde jaar startte in Boxmeer de 'tijdelijk jonggezellen' de befaamde Metworstrennen op de Vastenavond, een merkwaardige traditie die sedertdien onafgebroken is blijven bestaan. In de publicatie van 1745 verhaalt de Bossche magistraat dat men 'tegen wil en dank van de bewoonders' de huizen binnendrong, een gebruik dat in 1798 ook in Breda wordt gemeld. Wanneer in 1782 in 's-Hertogenbosch de moeder van een verdachte van moord haar zoon verdedigt, stelt zij dat het gebeurd is op 'Vastenavond wanneer veele jonge lieden de gewoonte hebben om sig den ganschen magt vrolijk te maeken, te zwieren, en van de ene herberg in de andere rond te loopen'. In deze tijd raakte men echter steeds meer overtuigd van het dieronvriendelijke karakter van met name het wijdverbreide ganstrekken en haanknuppelen en werden in de ene na de andere Brabantse gemeente (Bakel en Milheeze in 1745; Peel en Kempenland in 1750; Oss in 1757; Someren in 1762; Tiburg in 1765; Deurne in 1771) strenge verboden uitgevaardigd, die echter weinig effect bleken te sorteren. Nog tot ver in de negentiende eeuw was het dieronterende spel her en der in Brabant in zwang.

Mierlo-Hout

Kluppel Daupfist

In de katholieke kerk is het de gewoonte om je kind, direct of op enig moment later, te laten dopen. De gasten worden getrakteerd op doopsuikers en er wordt een toast uitgebracht op de dopeling. De Houtse Kluppels vonden dat je als Prins of andere gezagsdrager tijdens de carnaval, niet kon deelnemen aan de carnaval als je nog niet gedoopt was. Je had immers een voorbeeldfunctie. Op woensdagavond vóór de echte carnavalsdagen wordt hier dus een doopdienst gehouden. Tijdens een grote of kleine 'daup' wordt een flink aantal mensen feestelijk gedoopt in het Heilige Water dat door de aanwezige feestlampen lekker op temperatuur wordt gehouden.
Verdeeld over de avond worden allereerst de bijzondere gastprinsen uit de omgeving gedoopt. Tevens worden dan, na voordracht door de besturen van diversen Houtse verenigingen, mensen gedoopt die zich in het lopende jaar op een bijzondere wijze binnen de betreffende vereniging verdienstelijk gemaakt hebben. Na de doopbelofte wordt de dopeling door twee helpers vakkundig omgedraaid.
Als laatste gaan de eigen prins en zijn eerste adjudant letterlijk kopje onder. Pastoor Petrus Slegers komt met twee misdienaren speciaal naar het Heilige Water om daar alles in goede banen te leiden. De doopdienst wordt opgeluisterd met stemmige gezangen en sfeervolle carnavalsklanken. En natuurlijk moet men na afloop nog ''t scheel afdrinken' van de pas gedoopte prinsen.

Johannes

4 Negentiende eeuw

Vergeefs verzet

Met de komst van de Fransen onder leiding van generaal Jean-Charles Pichegru in 1794 kwam er een kentering. De openbare uitoefening van het katholieke geloof werd weer toegestaan en daarmee kwamen ook de daarmee verband houdende sluimerende feesten, zoals de vastenavondviering, weer tot leven. In Roosendaal en Breda werd vanaf 1795 volop gefeest. In 1808 meldde een verslag van een zekere 'Democriet' het optreden van 'gemaskerde geesten' die op het koord dansten en een plaatselijke kiezentrekker verbeeldden. Het was een persiflerende zinspeling op diens lange en uitgebreide rekeningen. Parodie treffen we ook aan in 's-Hertogenbosch waar in 1811 een adellijke dame, die van overspel was beticht, te kijk werd gezet met een praalwagen en een gedicht. Van de opleving van het vastenavondfeest in Bergen op Zoom was in 1814 een stel Engelse krijgsgevangenen getuige. Zij zagen vanuit hun gevang in de Sint-Gertrudiskerk de narren op straat zwalken en tekenden ze op de muren van het godshuis. De Nederlandse Staatscourant maakte in 1822 melding van de 'masquarades' in Breda die 'hier zeer talrijk zijn geweest'. De verslaggever wees op de 'edelste bedoeling', namelijk de inzameling van gelden 'ten nutte van de algemeene armen'. In de kranten verschenen in deze tijd ook weer de eerste advertenties voor bals 'masqué et paré' ter gelegenheid van het vastenavondfeest. Het woord carnaval wordt dan ook geïntroduceerd, wellicht onder invloed van de Fransen. In 1777 komt het, vooralsnog aantoonbaar, voor het eerst voor in de 's-Hertogenbossche Courant. De veronachtzaming door de plaatselijke overheid leidde tot geleidelijke uitbreiding van het feest. Was er geen verbod of inperking dan kon het dus blijkbaar, moet men hebben gedacht. Toen men dat in de gaten kreeg, was het eigenlijk al te laat, maar desondanks lieten verschillende stedelijke besturen zich er toch weer toe verleiden om te trachten paal en perk te stellen aan de toenemende excessen. Nadat in Breda alweer in 1798 een eerste verbod werd uitgevaardigd, meldde de schout-civiel in 1808 dat de vermakelijkheden 'in ene volle Uitgestrektheid plaats gehad' hadden. Hij verzocht om een streng verbod waaraan het stadsbestuur direct gevolg aan gaf. Zo geschiedde dat ook te 's-Hertogenbosch in datzelfde jaar met herhaling van de oude

achttiende-eeuwse verordening. Drie jaar later stelde men een verbod op 'eenig obsceen of vuilaardig tafereel'. En niet alleen de lokale besturen, maar ook de katholieke kerk stelde zich te weer, zoals blijkt uit een schrijven van de Bredasche apostolisch vicaris Adrianus van Dongen. Hij klaagde, in hetzelfde jaar als dat de Nederlandse Staatscourant hoog opgaf van de 'edelste bedoeling', over 'die schandelijke vermommingen om de eerbare schaamte uit de dooven en aan alle soorten van dartelheden en ongebondenheden den vollen toom te vieren'. In datzelfde jaar (1822) betitelde de Bossche vicaris van Alphen de vastenavondviering als 'dagen, welke op vele plaatsen de gevaarlijkste dagen voor de zeden zijn... die van wulpsch Heidendom ons zijn overgebleven'.

Maar ook dit vermocht de opkomst van het oude carnavalsfeest te voorkomen. Ofschoon zowel de kranten als de archieven weinig prijsgeven, treffen we toch steeds meer aanwijzingen aan dat de Brabanders zich, en dan vooral in de steden Bergen op Zoom, Breda en 's-Hertogenbosch, overgaven aan zowel besloten vieringen als openbare partijen op straat. Het werd immers als een katholiek feest beschouwd en dus hoorde het bij dit gewest. Met uitzondering van de jaren dertig van de negentiende eeuw, waarin als gevolg van de Belgische Opstand het feestvieren was verboden, vinden we diverse aanwijzingen in advertenties en verslagen. In 1838 beschreef de rondtrekkende schoolmeester P.N. Panken in zijn memorieboek: '...te Bergeijk bevindende zag ik een groot aantal jongmans... in allerlei aardige en zotte kleederen gehuld, met horenmuzijk etc. onder geleide van eenen zoogenaamde Generaal, statig door de Dorpsstraten trekken.' Op het platteland bleef het bij het rondtrekken met de rommelpot of foekepot en enkele besloten feesten in de plaatselijke cafés.

EEN AANKOMEND MEISJE,
benoodigd om op KINDEREN te passen en eenig ligt Huiswerk te verrigten. *Adres aan den Uitgever dezes.*

Hollandsche Tuin
P. J. DAMEN.
EXTRA
GROOT BAL
MASQUÉ ET PARÉ
à la Frascati d'Amsterdam,
op Zondag, Maandag en Dingsdag e.k.
zijnde de Zaal smaakvol met
TRANSPARANTEN GEDECOREERD
door Gaz
à giorno verlicht

De Kerk in het geweer

De bedenkingen van de kerkleiders waren echter zeker niet verdwenen en groeiden eigenlijk alleen maar aan. In 1849 waren het de pastoors van de drie Bredase parochies die zich tot het college van B&W wenden en het bestuur verzochten om maatregelen waarbij 'krachtdadig te keer (zou worden) gegaan'. Het college ging overstag met de uitvaardiging van een algeheel verbod, maar zag zich als snel geconfronteerd met protesten vanuit de burgerij. Ook het Provinciebestuur vond een algeheel verbod te veel van het goede. Het

bestuur was echter niet te vermurwen en het begon in de stad te gisten. Op Vastenavond maandag kwam het tot een uitbarsting, maar dan wel een feestelijke. Met ketels, blikken, fluiten, trommels etc. trok men door de stad en werd het een groot feest. Het overheidsverzet bleek gebroken.
Zeven jaar later was het raak in Tilburg. Nu stonden de Tilburgers zelf niet echt te springen om de viering van carnaval. Er was nauwelijks een traditie en de geestelijkheid had er goed de wind onder. In 1856 waren er echter plotseling meer gemaskerden dan de enkelingen daarvoor en het zag ernaar uit dat dit in het jaar daarop zich zou uitbreiden. Met de inzet van de beruchte pater Bernard, een in donderpreken gedreven redemptorist, meende de geestelijkheid het tij te kunnen keren. De pater strafte de diepgelovigen met het ergste wat hen kon overkomen: het allerheiligste plaatste hij demonstratief terug in het tabernakel en staakte het veertigurengebed. Vanaf dat moment had de geestelijkheid het heft weer in handen en werd de invoering van het openbaar carnaval in Tilburg als een doodzonde betiteld. De jeugd trok voor de vastenavondviering naar Breda en 's-Hertogenbosch. Maar ook Bergen op Zoom en zeker 's-Hertogenbosch ontkwamen niet aan de kerkelijke kritiek. In 1870 liet de Bredase bisschop Joannes van Genk weten dat hij zeer verontrust was over de feestviering in de Markiezenstad, zeker omdat een derde van de beroepsbevolking intussen werkloos was geworden. In

Pater Bernard Hafkenscheid

's-Hertogenbosch werd door een groot aantal gegoede Bosschenaren in 1874 een poging tot wering gedaan. Het vond echter geen weerklank bij het stadsbestuur dat zich had laten adviseren door de politiecommissaris. De Vastenavond zat echter dermate in het bloed dat een mogelijk verbod niet meer te handhaven was en bovendien hadden de neringdoenden er veel profijt van, zo getuigde hij in zijn preadvies aan het college. Zeven jaar later greep de Bossche bisschop Adrianus Godschalk zelf in en schreef een felle circulaire aan de 'Geestelijkheid en Geloovigen der Stad' waarin hij zijn 'afschuw en hartzeer' uitsprak bij het 'zien en hooren van zoveel ontstichting op de zoogenaamde Vastenavonddagen'. Hij stelde, in navolging van Tilburg en Oss (1874), het veertigurengebed in.

Etten

Stijloren

Het boerenleven heeft niet alleen invloed op het vieren van carnaval, maar zelfs op bijnamen van dorpen. "Als je van niets weet, kom je van Etten". Dat geldt ook voor het verhaal over de 'stijloren'. Let wel: geschreven met een lang ij, want met een korte is het echt wat anders.
'Steil' betekent volgens Van Dale 'bijna loodrecht, onverzettelijk en star'. Zelfs het woord 'steiloor' komt in de Van Dale voor, met als betekenis 'stijfkop, ezel, pedant'. Toepasselijk voor Ettenaren? Wij weten het niet!
Stijl in de schrijfwijze met de lange 'ij' staat voor een deurpost of paal.
Volgens een zeer bevlogen en deskundig 'keioloog' is het woord 'stijloor' ontstaan op de dorsvloer. Boeren moesten een eeuw geleden nog het graan dorsen met de dorsvlegel. Dit deed men met aantal mannen samen, al zingend om het slagritme te bewaren. Elke dorsvloer had ook een knechtje in dienst, die de wissen (bundels stro) moest redden. Dit deed hij door de wissen tegen de stijlen, oftewel de palen in de schuur, te slaan. Al gauw werd dit proces stijloren genoemd. Het knechtje was regelmatig ondeugend of lui en werd dan door de mannen aangesproken met vlegel of stijloor. "Hé, stijloor schiet eens op!" Tussendoor (als het graan twee keer volledig was gedorst) moest het 'bed' opgeschud worden. Dit gebeurde wederom door het knechtje, maar hiervoor gebruikte hij een houten gaffel of stijloor. In en rond Etten werden heel veel gaffels gemaakt en op de markt verkocht. Dit kwam door de overvloed aan schaarhout in de directe omgeving. Toen men dus een bijnaam moest gaan bedenken voor Etten - de meeste mensen wisten van niks, ook al kwamen ze van Etten - werd uiteindelijk gekozen voor de naam Stijloren. Wel met een lange ij, natuurlijk!

Cuijk

De Mukverkiezing

Traditioneel worden tijdens het carnaval plaatselijke misstanden of missers op de hak genomen. Buuts en optochten zitten er vol mee. In Kuuk (Cuijk) heeft men er een speciaal evenement van gemaakt. Sinds 1997 wordt daar op de zaterdagmiddag van carnaval de 'Mukverkiezing' gehouden, waarbij 'De grootste Muk van Kuuk' wordt verkozen.
Een muk is een jong onbeholpen kalf, dat van gekkigheid niet meer weet of het naar voren of naar achteren gaat. Het gedrag is dus onvoorspelbaar, meestal opvallend en tegendraads. En wat blijkt: zo is het in het leven van vele Cuijkse mensen ook! Het hele jaar staat een geheime commissie van Oud-Steekdragers op scherp om dit soort zaken te signaleren en enkele weken voor de carnaval komen ze bij elkaar om een selectie van tien genomineerden samen te stellen. Die worden dan persoonlijk en door de plaatselijke pers geconfronteerd met hun geconstateerde gedragingen. De elfde nominatie blijft tot op de middag van de verkiezing geheim, om zodoende ook nog de laatste uitspattingen van de Cuijkse mensen erbij te kunnen betrekken. Naast allerlei bobo's kunnen ook de bewoners van Cuijk worden genomineerd.
Bijvoorbeeld iemand die 6 kuub zand in de tuin kruit om een gat van 2 kuub dicht te maken en vervolgens het teveel weer moet afvoeren. Ook is ooit een voormalige Prins Carnaval genomineerd, omdat hij al vooraf-gaand aan zijn verkiezing, mét opgaaf van reden, vrij vroeg op zijn werk. Laatste winnaar is een bekende Cuijkenaar die op audiëntie bij de paus vol in beeld kwam tijdens een collecte. Op tv was te zien dat een lege hand niets in het collectemandje deed, waarop vervolgens de bewuste Cuijkenaar zelf geheel in beeld kwam.
De Mukverkiezing wordt zeer druk bezocht. Na een uitgebreide uitleg over de nominaties volgt de prijsuitreiking door Prins Carnaval van de Nölers uit Cuijk. Tot slot wordt nog een voetafdruk genomen in een verse koeienvlaai, zodat deze ingelijst bijgezet kan worden op de 'Wall of Shame' waar alle Mukken verzameld zijn. De commissie is er ieder jaar nog steeds verbaasd over dat de grootste Muk van Kuuk de prijs daadwerkelijk in ontvangst komt nemen alsof hij of zij een nieuw wereldrecord heeft gevestigd.

5 Naar de moderne tijd

Vastenavond niet te stoppen

Al die acties van verzet konden niet meer verhoeden dat het vastenavondfeest steeds meer aan populariteit won. En dat was niet alleen in de besloten sociëteiten waar de gegoede burgerij zich te goed deed en zich in prachtige kostumeringen tooide die in steden als Brussel, Parijs en Keulen niet zouden misstaan. Ook de minder goed bedeelde arbeidersklasse, die de steden in deze ontluikende industrialisatietijd steeds meer bevolkten, zagen het als een uitlaatklep, vaak samen met de kermis. Zij vierden het op straat en in de kroeg. Om aan geld te komen beleenden zij hun spulletjes bij de plaatselijk lommerd of Bank van Lening. In 1886 bleek dat in Breda zelfs zoveel te zijn dat men daar een stop op moest zetten. 'Het is op st(r)aat eene navolging

Mgr. Adrianus Godschalk, bisschop van 's-Hertogenbosch van 1878 tot 1892

van den Parijschen carnaval in miniatuur', schreef in 1860 het Nieuw Amsterdamsch handels- en effectenblad over Breda. Zeker na de afschaffing van het dagbladzegel in 1869, waardoor de kranten in prijs halveerden en dus bereikbaar werden voor een groter publiek, treffen we een sterk groeiend aantal advertenties en artikelen aan. De Vastenavond was business geworden. Niet alleen de vele bals werden daarin aangeprezen, maar tevens kostuums en allerlei vastenavondlekkernijen. In de jaren zeventig van die eeuw ontstonden er in diverse steden (Breda, Eindhoven, 's-Hertogenbosch) zogenaamde Vastenavond-krantjes, zeer tot ongenoegen van de elite van de stad die met pittige verhaaltjes aan de kaak werd gesteld. Hier en daar hield men al een optochtje zoals de 'historische, poëtische, muzijkalische, romantische, fantastische, carnavalische optogt' in 1857 in Breda en de 'crinolinenoptocht' van Bergen op Zoom in 1862. In deze tijd ontstonden de eerste verenigingen die zich specifiek instelden om carnaval te vieren.

Veredeling

De protesten vanuit de stedelijke overheid, burgerij en kerk leidden er echter toe dat sommige carnavalsvierders zelf pogingen ondernomen om de excessen te doen stoppen en daarmee het feest te behouden. De meest in het oog springende actie in deze was wel die te 's-Hertogenbosch. De klacht van bisschop Godschalk, in 1881 in de eerdergenoemde circulaire geuit, was niet aan dovemansoren gericht. Een aantal jongelui uit de gegoede burgerstand kwam in het café van Plaats Roijaal, gelegen in de straat Achter het Stadhuis, bij elkaar en bedacht plannen om de bisschop op fatsoenlijke wijze van repliek te dienen. Zij bedachten acties die zouden moeten leiden tot 'veredeling van de vastenavondfeesten'. Het idee dat daar ontstond, mag mondiaal uniek worden genoemd. De dan mondaine grote stad werd, volgens het Middeleeuwse principe van de

Hommaozje
aon den
Prèins Karnaval
Dèrde Druk.
beÿ z'n binnenhaolen
in den
OETELDONK
in 't Jaor 1883 op den twèede Vastenaovensdag
Meziek vür Pijano,
of aandre Instremente
deur
HAANES KRASSERT
Maotslaonder van den Oeteldonk.
Te Verkrèège beÿ Mosmaanse
Meziek-Vürkoper
aafter 't Raodheus van den Bosch
tègenover 't Brand-spuut huske Letter A.
't kost krèk. 60 Sent.

omgekeerde wereld, voor drie dagen omgedoopt in de plattelandsgemeente 'Oeteldonk'. Hierbij werd handig ingespeeld op de reeds in gebruik zijnde vastenavondkostumering van boerenkielen. Op vastenavondmaandag van het jaar 1882 trok een eerste stoet door de stad met de voorstelling van de binnenkomst van 'den nieuwbenoemden burgemeester van Oeteldonk, Peer van den Mugheuvel'. Daarmee vormde men een podium voor schalkse plaatselijke parodie en moest het spel anderen bewegen tot deelname. De optocht die de club het jaar daarop in luister neerzette met als thema de aankomst van Prins Carnaval, diende als stichtend voorbeeld voor het publiek. Een organisatie, de Oeteldonksche Club, diende tot consistente uitvoering daarvan. Alles wijst erop dat dit plan met veel inzet en precieze voorbereiding, gesteund door tal van lieden uit de gegoede stand, was opgezet. Oeteldonk wist zelfs dermate sympathie te winnen dat het in 1891 al een eerste gemeentelijke subsidie van driehonderd gulden in de wacht te slepen.

Het Bossche voorbeeld, dat al snel zijn vruchten afwierp in de lokale carnavalsviering, vond echter nauwelijks navolging in ander plaatsen. In Breda werd, als gevolg van het succes van de luisterrijke Oeteldonkse stoeten, in 1889 voor het eerst een Prins opgevoerd in een daar gehouden grootse optocht. In 1890 richtte men de Bredasche

Kinderbal in de Sociëteit Thalia te Bergen op Zoom, 1904.

carnavalsclub 'tot veredeling van het carnaval' op die vanaf toen de jaarlijkse carnavalsstoeten organiseerde. In 1896 voegde zich de club 'Bonus Eventus' daaraan toe. Zij hield in datzelfde jaar voor het eerst een lichtstoet. Na 1905 was het echter over en bleef het in Breda bij bals en café-carnaval.
In Eindhoven deed een inwoner in 1884 via de krant de oproep om, net als in de andere steden, carnaval te gaan vieren met een optocht. Een reactie bleef echter uit. Dat gold ook voor een klacht van vijf jaar later dat er in de stad maar niets gebeurde met de vastenavondviering. Verder dan toneelvoorstellingen, besloten feestavonden en muziekvoorstellingen door onder andere het Eindhovens Mannenkoor en de harmonieën uit de omgeving kwam men daar niet. Oosterhout had toen al zijn eerste optocht (1888) gehad, een succes dat in 1893 nog eens werd overgedaan door de dan opgerichte carnavalsvereniging Momus.
Bergen op Zoom kende in de jaren tachtig en negentig bescheiden optochten die spontaan ontstonden toen de hoveniers op carnavalsdinsdag met versierde wagens naar de Bergse Vastenavond togen. Zo trokken er in 1892, 1893 en 1894 diverse van dergelijke stoeten tegelijkertijd door de stad. De voorstellingen in die jaren betroffen vaak parodieën op bestaande misstanden. De eerste georganiseerde optocht kwam in 1895 tot stand, samengesteld door de Vereeniging tot bevordering van het Vreemdelingenverkeer. De taak die deze vereniging zich stelde was om volksvermakelijkheden te 'organiseren, steunen en veredelen'. Voor het eerst vormde nu ook een Prins Carnaval onderdeel van de stoet. Maar behalve een schamele poging in 1907 kwam in Bergen op Zoom, net als te Breda in 1905, vrij snel voorlopig weer een einde aan het goedbedoelde initiatief.
Op het platteland bleef de viering een kwakkelend bestaan vertonen. De rommel-/foekepot stierf langzamerhand uit en de straffe hand van de geestelijkheid zorgde ervoor dat een al te uitbundige viering direct werd ingedamd. Zo schreef Panken in 1895 dat de vastenavondviering in de Kempen zich allengs minder manifesteerde en zelfs op sterven na dood was.

Aanhoudend protest

De inzet en pogingen tot veredeling ten spijt bleef het verzet tegen de vastenavondviering aanwezig. Ook al trachtten de carnavalisten de sympathie te winnen door in hun optochten en tijdens de festiviteiten collectes te organiseren 'ten voordele van de Armen' of voor slachtoffers van bijvoorbeeld overstromingen. De tegenstanders wezen steeds meer op de uitwassen die met name voor de arbeidersbevolking funest zouden zijn: 'Slemperijen verheffen geen volk, maar maken het bij uitnemendheid geschikt voor allerlei ziekten en kwalen.' De anti-carnavalisten wezen op het geestelijk verval en het gevaar voor de volksgezondheid wanneer men bijvoorbeeld oude kleding gebruikte uit plaatsen waar besmettelijke ziekten waren uitgebroken. In 1896 besluit het Bossche stadsbestuur zelfs om het carnaval in zijn geheel te verbieden als gevolg van een daar uitgebroken pokkenepidemie. Volgens verslagen over dat jaar werd het als 'nimmer tevoren' gevierd. De protesten kwamen veelal van de katholieke geestelijkheid, zich gesteund wetend door enkele streng-katholieke dagbladen zoals de Noord-Brabanter, De Zoom en de Maasbode. In hun preken trokken de pastoors en kapelaans fel van leer. Daarnaast waren het ook instellingen die zich speciaal keerden tegen de 'danswoede' en drankzucht. Met brieven en verzoeken tot inperking trachtten zij de stedelijke magistraten te bewegen tot verbodsbepalingen of tenminste inperking. Over het algemeen tevergeefs, beducht als men was voor een echec als gevolg van de massaliteit waarmee de bevolking het intussen vierde. Alleen Tilburg ontkwam niet aan de strakke hand van de geestelijkheid. Er bleef daar een merkwaardige rust heersen tijdens de vastenavonddagen.

Het bestuur van de Oeteldonksche Club, de Raad van XI in 1898

Boxmeer

Metworstrennen

Misschien wel de oudste, nog bestaande traditie van het Brabantse carnaval: het Metworstrennen in Boxmeer. Het oudst bekende reglement van deze jaarlijkse paardenrace stamt uit 1740; dit wordt dan ook als het oprichtingsjaar van de vereniging 'de Metworst' gezien. Het doel van de vereniging staat in het eerste artikel van het reglement als volgt omschreven: "*...om een aloud gebruik - dat ingesteld werd door eene liefdadige dame, en dat beslaat in het wedrennen om eene metworst, de jaarlijksche belooning van eene edelmoedige daad, door Boxmeersche jongeren aan bovenbedoelde dame bewezen - in onze gemeente te handhaven en in eere te houden.*" Volgens de overlevering was er in de vijftiende eeuw een 'Freule Aleida' die tijdens haar wekelijkse rijtoer met haar koets van de weg raakte. Boxmeerse 'vruchtbaarheidsruiters' schoten haar met hun paarden te hulp en hielpen haar weer op weg. Als dank voor hun hulp belastte de freule één van haar hoeves in Vortum Mullem (de 'Belaste Hoeve') met een jaarlijkse schenking: een zeven ellen lange metworst, een wegge en een brood, twee vaten bier en een halve varkenskop. Vanaf dat moment zou er elk jaar een paardenrace gehouden worden om te bepalen wie de schenking in ontvangst mag nemen. Niet voor niets is het credo van de vereniging:

‘Wij handhaven het recht onzer vaderen’. Niet iedereen kan echter zomaar deelnemen aan de metworstrennen. Deelname is alleen mogelijk voor ‘Boxmeerse jonggezellen’. Hiermee bedoelen we: ongehuwde jongeren die geboren, getogen en woonachtig zijn in Boxmeer. De winnaar van deze afvalrace wordt voor één jaar de Koning van de Metworst. Dit is de hoogste eer die in Boxmeer te behalen valt. Zeer speciaal is het bovendien wanneer de Koning van de Metworst drie jaar achter elkaar wint. Dan mag deze persoon zich zelfs Keizer van de Metworst noemen. Dat is alleen al sinds het jaar 1900 niet meer voorgekomen.

De Metworstkoning van 1994, 2007 en 2008, Jan Thielen

6 De Grote Oorlog en het interbellum

Tussen afschaffing en behoud

Toen in juli de 'Grote Oorlog' uitbrak, bleef Nederland afzijdig en wist haar neutraliteit te behouden. Wel gold er wegens de Eerste Wereldoorlog een algemene mobilisatie en werden strikte regels ingesteld in de gebieden die grensden aan België en Duitsland. De militaire overheid bepaalde voor 1915 en volgende jaren dat de openbare viering was verboden in alle Noord-Brabantse, Gelderse en Limburgse grensgemeenten. En natuurlijk zaten ook nu de cafés vaak vol, maar van een echte openbare viering was geen sprake meer. In 's-Hertogenbosch greep het gemeenteraadslid Thijssen de kans om het dan ook maar helemaal af te schaffen. Een voorstel daartoe nam de gemeenteraad op 15 maart 1917 aan met 13 tegen 9 stemmen. Thijssen was in de strengkatholieke hoek de gevierde man en hem werd dan ook van die zijde veel lof toegezwaaid, maar na de oorlog bleek het carnavalvieren onuitroeibaar. Na opstootjes in 1919 voerde men de viering in Brabants' hoofdstad, zij het met enige beperkingen op maskerades, toch weer in. Breda ging in 1919 over tot een verbod op het zich gemaskerd op straat en in openbare gelegenheden te vertonen. In 1922 verbood men daar het openbare carnavalvieren zelfs helemaal. De fameuze grootse vieringen liepen in de Baroniestad danig terug. In tegenstelling tot 's-Hertogenbosch en Breda presenteerde het gemeentebestuur van Bergen op Zoom in 1920 juist een nieuwe verruimende politieverordening. Zo mocht men weer gemaskerd op straat lopen op maandag van 18.00 uur en op dinsdag van 13.00 tot 24.00 uur. Wel verbood men nadrukkelijk het zich verkleden in de 'kunne waartoe men niet behoort'. Ondanks hevige protesten waarbij de tegenstanders schreven over 'havenloze en smoordronken meiden en jongens verhit door de passie' en betitelingen als 'vieze, onzedelijke carnaval' en 'tuchteloosheid' wist de Bergse essayist en literatuurhistoricus Anton van Duinkerken een haast prozaïsch geschrift onder de welluidende titel 'Verdediging van Carnaval' het licht te laten zien. Na een dagje stappen schreef hij het stuk in één nacht. Het was echter een tijd van verhoogde activiteit van de anti-carnavalisten en het geschrift mocht niet baten tegen de tegenstanders die zich in alle steden en dorpen manifesteerden. Herhaalde interpellaties van hen in de Bergse

De Prins, Grootste Boer en Nar van het carnaval in Bergen op Zoom

Lopen met de rommelpot.

gemeenteraad haalden echter niets uit. In 1933 maakte een pastoor het dermate bont in zijn preek dat er zelfs een politioneel rapport werd opgemaakt wegens belediging van het stadsbestuur. Het stadsbestuur lichtte de bisschop van Breda in over deze hoog opgenomen kwestie en eiste excuses. De Bergse openbare viering kwam in deze jaren in handen van de vereniging 'Tot ons Genoegen'. De opzet die zij vanaf 1922 kozen met een optocht, een Leutige Ploeg en protocollaire personen zoals een Prins, nar en Grootste Boer, zouden de basis vormen voor de vastenavondviering van na de Tweede Wereldoorlog.
In Eindhoven, waar het openbaar carnaval maar niet echt op gang kwam en nog steeds gedomineerd werd door dans- en toneelavonden, probeerde men zelfs het besloten 'onzedelijke' dansen te verbieden. Enige vorm van organisatie leek er echter te komen met de komst van een Burgemeester van Elf (1927), maar deze beperkte zijn optreden tot de sociëteit van Apollo's Lust. In 1933 meldde de krant daar dat het carnaval op zijn retour was. In Oss was het niet veel anders. De bevolking vierde het wel, maar op dezelfde min of meer besloten wijze als in Eindhoven. Titus Brandsma, hoofdredacteur van 'de Stad Oss' haalde toch fel uit naar de dronkenschappen gedurende de Osse vastenavondviering. In 1933 volgde zelfs een tapverbod. De Ossenaren trokken naar 's-Hertogenbosch en Nijmegen. De gebeden die men ten tijde van het veertigurengebed in Oud-Gastel hield 'tot zielheil van de carnavals-

vierders elders' mochten niet baten.
Ook in 's-Hertogenbosch zakte de carnavalsviering door de mand. In een oproep aan geheel Nederland had de carnavalsburgemeester Peer vaan den Muggenheuvel in 1928 het publiek via de radio opgeroepen om naar het dorp Oeteldonk te komen om met eigen ogen het grootse feest te aanschouwen. Het gevolg was een massa mensen waarvan een gedeelte zich niet kon houden aan de gangbare fatsoensnormen. De landelijke kranten stonden bol van de uitspattingen die werden geconstateerd. Het leidde uiteindelijk tot een inperking waarbij optochten en openbare muziek waren verboden. Nu was het eigenlijk alleen nog Bergen op Zoom dat een behoorlijke openbare viering liet zien. Ook op het platteland liep het terug. Met name het lopen met de rommelpot was in de Meierij in 1937 op sterven na dood.
In 1936 kwam daar pas weer verandering in. 's-Hertogenbosch èn Breda kregen hun openbare carnavalsviering terug. Ging het in Oeteldonk op de wijze zoals in 1882 al bedacht, met dien verstande dat de optochten voortaan door een stedelijke commissie zouden worden georganiseerd, in Breda verwachtte men de eerste Prins: Z.K.H. Prins Amadeiro Ricosto di Carnavallo, geheel naar Oeteldonks' model. Een schuchter begin dat twee jaar later gevolgd werd door de oprichting van de Bredaase Carnavalsoptocht Vereeniging. Drie jaar later volgde de eerste prins van Eindhoven: Prins Snuiter Jan den Urste. Mede door toedoen van de VVV, want dat carnaval voor extra toeristen en dus extra geld in het laatje van de middenstand zorgde, was intussen in de andere steden al meer dan bewezen. VVV-directeur Denteneer was dan ook euforisch en toonde zich blij dat 'de grootste stad van Noord-Brabant op het gebied van carnaval eindelijk uit haar isolement is verlost.' 'De bedoeling is dat volgend jaar Carnaval nog veel uitgebreider gevoerd zal worden' meldde het Eindhovensch Dagblad van 21 februari 1939. Edoch...

Programmablad van de sociëteit Thalia te Bergen op Zoom, 1934

Bredase inwoners verkleed als inlanders 1935

Donkere wolken

Voor de carnavalsvierende massa was 1939 min of meer het laatste jaar waarin vrijelijk, openlijk en met veel plezier het openbaar feest kon worden gevierd. Donkere wolken pakten zich samen en de oorlogsdreiging zorgde een jaar later voor een stemming in mineur. Begin januari verordonneerde het Militair Gezag van het Derde Legerkorps inperking van de feestelijkheden, waaronder het houden van optochten en openbare maskerades. In alle steden laste men de jaarlijkse hoogtepunten, zoals de aankomst van de Prins en de optochten, af. De vastenavondviering werd teruggedrongen naar de beslotenheid van cafés, clubs en de huiselijke kring en er kwamen speciale carnavalsprogramma's in de bioscopen. De burgemeester van Breda had voor het carnaval van 1940 bepaald dat de bevolking zich niet gekostumeerd op straat mocht begeven. De recherche controleerde stevig waardoor het kon gebeuren dat een kok in de sociëteit Concordia, die zich even buiten had vertoond, niet meer naar binnen mocht, aangezien hij 'gekostumeerd' was!
In 's-Hertogenbosch haalde de geestelijkheid in dat jaar het veertigurengebed weer van stal om 'gedurende de carnavalsdagen' te bidden voor de vrede. Het mocht niet baten. Drie maanden later vielen de Duitsers ons land binnen en ontstond er een geheel nieuwe situatie. Wel herdacht de Oeteldonksche Club eind 1942 en begin 1943 in het Casino nog haar zestigjarig bestaan met een grootse revue onder de niet mis te verstande titel van 'Een lach en een traan', maar alle verdere openbare activiteiten kwamen volledig stil te liggen. Ofschoon men het in Eindhoven presteerde

om gekostumeerde optochten te houden, maar dan alleen bestaande uit verkleedde personen. Deelnemers dienden zich van tevoren aan te melden en kregen een deelnemerskaart, want het hele gebeuren diende wel allemaal zeer verantwoord te zijn. Tot verder openbaar vertoon kwam het niet, al zal de pret er binnenshuis niet minder om geweest zijn, getuige de vele foto's van gekostumeerde personen uit die periode.

De familie Wijnen-Kox uit Eindhoven 1930

Tussentiet
3

Beugen

Knakworstrennen

In carnavalstradities komen we vaak kolderieke wedstrijden tegen. Ook in Brabant komen ze in diverse vormen voor. Als parodie op de Metworstrennen van Boxmeer houdt men in Beugen daarom ieder jaar de Knakworstrennen.
Volgens de overlevering kwam rond 50 voor Christus een Romeinse legerofficier met zijn strijdwagen tot stilstand in het Beugense veld, het gevolg van een gebroken kar-as. Vier ruiters van de zogenaamde 'Vatebierenstam' hielpen de Romeinse legerofficier weer op weg, waarna de legerofficier de ruiters beloonde met een aantal meters knakworst. Toen de ruiters besloten om de worst niet te delen, maar een paardenrace te houden om de winnaar ermee te belonen, werd het Knakworstrennen geboren. Sindsdien was het een jaarlijkse race.
Tot 50 na Christus, toen een ruiter voor de derde maal achtereen de wedstrijd won. Het reglement schreef namelijk voor dat na drie overwinningen van dezelfde ruiter, deze tot keizer gekroond zou moeten worden en dat daarna de wedstrijden definitief zouden ophouden te bestaan. Dus: einde rennen.
In 1985 heeft een groep enthousiastelingen deze eeuwenoude traditie nieuw leven ingeblazen. Tegenwoordig vinden elke carnavalszondag de rennen weer plaats. Alleen nu op een kolderieke wijze. Er rennen namelijk geen echte paarden meer, maar 'menspaarden'. De ruiter moet uit Beugen komen, de tweevoeter, getooid met een paardenkop, mag overal vandaan gehaald worden. Intensieve voorbereiding, speciale diëten, krachtvoer en krachttraining zijn volgens kenners de ingrediënten om de strijd te kunnen winnen. Het nodige vocht is vanzelfsprekend absoluut onmisbaar. Het is de kunst om, op het met zand aangelegde parcours, vallend en opstaand zo snel mogelijk de eindstreep te halen, uiteraard mét de ruiter op de rug. De winnaar mag zich voor een jaar Koning of Koningin noemen en wordt gekroond met een krans van 11 meter knakworst. Het paard krijgt een 'Gouden Paardenkop'.

7 Na de Tweede Wereldoorlog

Erkenning en bevestiging

Midden december 1944 was Nederland bezuiden de grote rivieren bevrijd. Uit sympathie voor het nog bezette noorden lieten de Brabanders, hoewel het lentegevoel kriebelde, het feest zonder uitbundig uiterlijk vertoon voorbijgaan. Maar dát het kriebelde bleek wel uit de verschillende advertenties in de diverse kranten. In 's-Hertogenbosch voerde Koos de Leijer tijdens de carnavalsdagen van 1945 een muzikaal 'non-stop-show-programma Champagne' op met 'tal van Oeteldonksche artiesten' en daar was het, in de beslotenheid van de cafés, toch weer een jolige boel. Een jaar later klaagde de horeca nog over de baldadigheden en de grote hoeveelheid gebroken glas, dat toen nog erg schaars was.

optocht in Oeteldonk van 1947

In de grote steden begonnen de eerste tekenen van herstel van het carnavalsfeest in de loop van dat jaar na de algehele bevrijding zich alweer te vertonen. Met de kennis van de vele antigevoelens van de vooroorlogse periode nog in het hoofd werd nu veel meer getracht om eerst maar eens toestemming te verkrijgen van de overheid.
In Bergen op Zoom trok een aantal vooraanstaande Bergenaren de stoute schoenen aan en toog naar de burgemeester om de instemming te verkrijgen. Deze verwees hen echter heel diplomatiek naar de overkant van de Markt waar de deken zetelde. Hij toonde zich redelijk coulant, beseffend dat het feest toch niet te verbieden was, maar stelde wel als voorwaarde dat een veertigtal 'goede Bergenaren' de organisatie op zich zou nemen. Van het woord 'carnaval' wilde de Deken per se af, dat was te beladen en dus werd het 'vastenavend' waarmee ook de verbintenis aan de katholieke veertigdaagse vastentijd werd herbevestigd. Aan deze voorwaarden voldaan hebbend richtten zij op 6 januari 1946 de

Prins Nilles I met gevolg

Stichting 'Vastenavend' op, samengesteld 'uit alle Kringen der burgerij'. Voor het spel grepen de organisatoren terug op datgene wat al vóór de Tweede Wereldoorlog was neergezet en zo kon Prins Nilles I, tezamen met de Nar en de Grootste Boer tijdens het carnaval van dat jaar de sleutel van de vesting Bergen op Zoom uit handen van de burgermeester in ontvangst nemen. Daarmee was het 'Krabbegat' ook direct de eerste carnavalsgemeente waar een erkenning van de burgerlijke overheid op die wijze plaatsvond. In dat jaar trok ook weer voor het eerst een optocht door de stad.

In Breda bleef het tot een particulier initiatief beperkt, zonder directe overheidsinstemming. Ook in dit carnavalsbolwerk was in 1946 de aankomst van de carnavalsprins, Maskerado II, een feit. Toch hunkerde ook hier de organisatie naar erkenning van het stadsbestuur en die kwam er al in het jaar daarop toen ook daar de burgemeester de stadsleutels aan de Prins overhandigde met de woorden 'de daad is aan u, mijn medewerking heeft u'. Voor de optocht moesten de Bredanaars echter nog wachten tot 1948.

In 's-Hertogenbosch stelde het stadsbestuur zich zeer gelaten op. In een middenstandsvergadering reageerde de nieuwbenoemde burgemeester Loeff nuchter op de aantijgingen dat hij tegenstander van het carnaval zou zijn. Met de woorden dat hij als oud-burgemeester van Vught 'er ver genoeg vandaan' had gewoond om 'er niet aan te denken de Carnaval en het dansen af te schaffen', stelde hij de Bosschenaren gerust. In januari 1946 kwamen afgevaardigden van alle carnavalsverenigingen bijeen en besloten tot initiatieven voor een degelijke carnavalsviering. Maar het was de Oeteldonksche Club die zich als oudste organisatie een dag later al manifesteerde met een volledig programma waaronder een aankomst van de Prins, onthulling van het standbeeld Knillis, optocht en boerenbruiloft. Vijf dagen

Sleuteloverdacht 1998, Breda

voor het carnavalsfeest volgde echter een telegram waarin de Commissaris der Koningin wees op de 'uitdrukkelijke wensch der regeering openbare optochten zoveel mogelijk te weren'. Op verzoek van burgemeester Loeff werd dit standpunt versoepeld, maar de overheidsbureaus mochten niet dicht en dus verplaatste men de start van de optocht naar half vijf. De eerste stappen waren nu gezet. Er zouden er echter nog vele volgen vooraleer Oeteldonk voor het eerst officieel ten stadhuize ontvangen zou worden. Dat gebeurde in 1952. Die burgerlijke erkenning leidde uiteindelijk successievelijk in veel gemeenten tot de toekenning van subsidies en gemeentelijke hulp bij de voorbereidingen. In sommige plaatsen vond het gemeentebestuur het carnavalsfeest dermate van maatschappelijk belang dat er fikse geldbedragen werden vrijgemaakt voor de bouw van een of meerdere bouwhallen, ter ondersteuning van de optochten.

Carnaval over Brabant verspreid

De eerste schuchtere stappen van de drie traditionele carnavalssteden (Bergen op Zoom, Breda en 's-Hertogenbosch) werden met argwaan gevolgd in de andere steden en dorpen van de provincie. Wel vertoonden de cafés en verenigingen al direct na de oorlog actie, maar er zat slechts weinig traditie in, waardoor het feestelijk aanvankelijk bleef steken in beperkte beslotenheid. Daar kwam nog bij dat met name de katholieke geestelijkheid nog lang niet overtuigd was van de

goede bedoelingen van het feest, ook al had de Bergse deken ingestemd met een herstel. In 1948 immers, toen het Bergse stadsbestuur had besloten om ook het straatcarnaval weer toe te staan, meende de geestelijkheid, waaronder dezelfde deken, daar nog tegen te moeten protesteren 'vanwege het ernstig gevaar tot zondigen'.
Maar de carnavalswind die vanuit Bergen op Zoom, Breda en 's-Hertogenbosch begon te waaien werd steeds sterker, bovendien nog eens aangewakkerd door uitzendingen op televisie van pronkzittingen en optochten in de grote Duitse carnavalssteden. Vanuit de dorpen en grotere plaatsen trok men naar de carnavalssteden en zag hoe het gevierd kon worden. Als gevolg daarvan ontstonden, vanuit de behoefte om het feest in groepsverband te vieren, kleine plaatselijke carnavalsverenigingen die in de huiselijke kring, familie en vrienden of vanuit een sportvereniging werden opgericht. Vaak vormden juist zij, al dan niet door onderlinge samenwerking, mede de basis voor de vorming van de eerste plaatselijke koepelorganisaties. Maar het waren in de jaren vijftig ook initiatieven van particulieren of van sportverenigingen en middenstandsorganisaties die vonden dat het tijd werd om, wat in de drie genoemde steden te halen was, ook wel naar hun plaats gebracht kon worden. De redenen die zij daarvoor aanvoerden, waren onder andere dat de plaatselijke middenstand er op die manier ook profijt van kon hebben of omdat men van mening was dat het, met name door de jeugd gevierde feest, door hen beter in de

Carnavalsvereniging De Volders in Eindhoven

eigen plaats gevierd kon worden. Dan was er tenminste toezicht op. In Overloon zag pastoor van Boxtel de jeugd telkenmale naar Venray en Venlo trekken om zich daar te buiten te gaan. Net als de pastoors in onder meer Rijkevoort en Westerhoven nam hij daarom maar zelf mede het initiatief tot de oprichting van een locale carnavalsorganisatie.
De eerste nieuwe carnavalskoepels ontstonden in 1952 in Halderberge, Etten, Grave en Oudenbosch. In Eindhoven ontstond vanuit de Limburgse Vereniging de carnavalsclub De Snuiters, later, in de jaren vijftig, omgezet in De Volders. Van hen uit kwam het plan om het carnaval in de Lichtstad 'net als in de andere grote steden' met allure op te zetten. Alle acties leidden ertoe dat in 1954 de eerste carnavalsprins zich daar manifesteerde. Moeilijkheid daarbij was dat de verenigingen in de diverse voormalige gemeenten intussen vrijwel allemaal al een eigen prins hadden. Pogingen om de benamingen van hen te veranderen in andere adellijke titels strandden op onwil, maar allengs werd de stadsprins algemeen aanvaard. Eindhoven bezat echter geen echte traditie en zo kon het in de jaren zestig nog gebeuren dat de optochten zich door het over het algemeen ongekostumeerde winkelende publiek moesten wurmen. Grotere plaatsen als Roosendaal, Helmond, Oss en Tilburg zouden pas in respectievelijk 1959, 1962,1964 en 1965 volgen met eigen georganiseerde openbare carnavalsvieringen.

Eind jaren zeventig waren uiteindelijk nagenoeg alle gemeenten en voormalige gemeenten voorzien van een koepelorganisatie. Thans zijn er zo'n 240 actief. Zij kregen de verantwoordelijk voor de plaatselijke hoofdrolspelers in het spel en de evenementen die met het openbare carnavalsfeest verband hielden. Daaronder ressorteerden de kleinere clubs die zich inzetten voor muziek en/of deelname aan de optocht met een praalwagen of loopgroep.

'hossen' in Roosendaal

Oss

Het Sokkenbal van Tante Lies

'Wie de jeugd heeft, heeft de toekomst', moet Liesbeth van Berkel begin jaren zestig hebben gedacht. Als eigenaresse van een balletschool zorgde ze ervoor dat vrij direct na het ontstaan van het openbaar carnaval in Oss de jeugd daarbij werd betrokken. Ze toverde een Jeugdprins, de begeleidende dansgarde 'de Huppelkes' en een jeugdoptocht uit haar creatieve brein.

Maandenlang was ze ieder jaar in de weer om de kostuums te maken, een jeugdprins op te leiden en de dansjes in te studeren. Tante Lies, zoals ze door haar pupillen werd genoemd, zorgde op die manier voor een eigen jeugdplekje binnen het Osse carnaval. Haar initiatief werd een overweldigend succes, dat tot op de dag van vandaag nog steeds bestaat en niet

meer weg te denken is uit het Osse carnaval. Maar daar hielden haar inspanningen niet op: er moest volgens haar ook een speciaal 'bal' komen voor de jeugd.
De grootste zorg hierbij was een geschikte zaal te vinden, een zaal waar zo'n 600 kinderen konden carnavallen. Haar oog viel op de Maaslandsporthal. Er was echter een groot probleem. De dure sportvloer leende zich niet voor de vele kinderschoentjes die zouden gaan hollen en hossen. 'Met schoenen op de vloer' werd daarom door de gemeente verboden. 'Dan maar op sokken', besloot Tante Lies. Iedereen moest bij binnenkomst zijn schoenen uitdoen en mocht op sokken de vloer op. De papa's en mamma's die hun kinderen gadesloegen konden zich zo mooi ontfermen over het schoeisel. Het Sokkenbal was geboren.

Het duurde niet lang of heel carnavalvierend Oss stond, van baby tot volwassene, op sokken op de vloer van de sporthal. Het Sokkenbal groeide uit tot een kweekvijver van carnavalisten. Kinderen wilden allemaal Jeugdprins of Huppelke worden, het carnaval werd hen met de paplepel ingegoten. Ouders kregen steeds meer zin in het feestje en gingen zich inzetten voor het openbaar carnaval. Vrijwel alle huidige papa's, mama's, opa's en oma's hebben als carnavalsvierders van Oss hun 'roots' op het Sokkenbal. Ieder jaar weer zijn ze met hun kroost op het Sokkenbal te vinden, zodat de carnavalstraditie al meer dan 40 jaar wordt doorgegeven. Alleen, de Maaslandsporthal bestaat niet meer en op het Sokkenbal mag je tegenwoordig je schoenen aanhouden. Tijden veranderen, vloeren gelukkig ook.

8 Een gemeenschapsfeest

Sociaal-maatschappelijk belang

Bij de organisatie van het openbaar carnaval vergaten de koepelorganisaties niet om zich ook in te zetten voor de maatschappelijk zwakkeren. Al in de vooroorlogse periode hadden de organisatoren van de grote carnavalssteden ingezien dat een charmeoffensief evenzeer een belangrijk onderdeel uitmaakte van de strijd voor het behoud. Regelmatig hielden zij acties om de minderbedeelden en slachtoffers van natuurgeweld te ondersteunen. Ook na de oorlog ging men daarmee door. Het bekendste voorbeeld daarvan is de watersnoodramp van 1953 toen zowel in Brabant als Limburg vele acties van carnavalsvierders op touw werden gezet om geld in te zamelen. Maar ook het betrekken van de jeugd en gehandicapten bij de viering, alsmede het

kinderen van de Sint Annas kleuterschool in Goirle

Prins Jan de 3e van Kraaienland (Heeze)

bezoeken van bejaarden- en ziekenhuizen, vormden vaak een vast onderdeel van de activiteiten van de organisatie.
Het betrekken van de jeugd was overigens niet alléén bedoeld vanuit sociaal oogpunt. Nog begin jaren vijftig gingen de schoolgordijnen langs de optochtroute van Breda dicht als de stoet langstrok. Maar dit was een situatie die niet meer hanteerbaar was. Vaak na een reeks van incidenten met een toenemend aantal spijbelaars besloten steeds meer stads- en schoolbesturen om, eerst halve dagen, maar later gedurende de gehele carnaval, de schoolgaande jeugd vrijaf te geven. De carnavalsbestuurders zagen in dat de jeugd niet alleen moest worden opgevangen, maar dat door hen erbij te betrekken het carnaval voor de toekomst gewaarborgd diende te worden. De kennis over de viering moest dus met de paplepel worden ingegoten. Dat gebeurde niet alleen door de instelling van jeugdprinsengroepen, kinderoptochten en een veelheid aan knutsel-, zang- en speelactiviteiten, maar ook door schoolprojecten die gelardeerd werden met achtergrondkennis van de lokale gebruiken.

Kinderoptocht in Wringersgat (Rijen)

Laatste tegenstand

Niettegenstaande al die ijver en vooral de inzet om de kwaliteit van het carnavalsfeest te waarborgen, waardoor de excessen van vroeger hopelijk zouden uitblijven, bleef de argwaan nog lang voortduren. In Valkenswaard moest begin jaren vijftig nog hard gestreden worden tegen een berucht geworden artikel 81 in de plaatselijke verordening waardoor het verboden was 'om zich in het openbaar te vertonen, gemaskerd, verkleed, vermomd of onherkenbaar gemaakt'. In Goirle werd in 1960 de balans opgemaakt van het daar, sedert de laatste jaren vijftig, ingevoerde carnaval. Een rapporteur maakte melding van de onzedelijke kleding, of eigenlijk 'ontkleding' en het sterk accentueren van de lichaamsvormen: 'Het is begrijpelijk, dat dit, zeker bij het wegvallen van natuurlijke remmingen door een overmatig drankgebruik, bepaalde handelingen en gedragingen uitlokte die afkeurenswaardig zijn'. Kostumering in die van de ander sekse of van de geestelijkheid werd daarin expliciet vermeld. De inrichting van het carnaval in Tilburg kende een lange weg. Daar was het carnavalsfeest sedert de perikelen in 1857 nagenoeg geheel verdwenen. Na de oorlog ontstonden er in de cafés en zalen weliswaar enkele bals, maar van een echte viering was in het geheel geen sprake. Veel Tilburgers trokken dan ook naar 's-Hertogenbosch of Breda. Het veertigurengebed werd nog steeds in ere gehouden, maar boette steeds meer aan belang in. De geestelijkheid werkte, ziende dat tegenstand geen zin meer had, zelfs mee aan carnavalsfestiviteiten in de patronaten. Op die manier hadden zij zelf de hand in de kwaliteit. De intussen opgerichte clubs bouwden in de beslotenheid aan het feest door aanstelling van Prinsen, het houden van toespraken etc. Alleen het stadsbestuur diende nog overtuigd te worden. In 1957 verleende de gemeente schoorvoetend toestemming voor een kinderoptocht in de wijk Jeruzalem waarmee de inzet van de 'onschuld' het begin van de Tilburgse carnavalsorganisatie werd. De daaropvolgende kinderstoeten bleken immers zo'n succes dat de bevolking meer wenste. In 1960 trok de eerste stedelijke kinderoptocht onder leiding van een stedelijke organisatie. Het stadsbestuur gaf echter maar mondjesmaat toe en zo duurde het nog tot 1965 voordat Tilburg zijn eerste echte koepelorganisatie kreeg en Prins Pierre I de eerste grote optocht aanvoerde.

Deelnemer aan het befaamde jeugd'sauwelen' in Faantenland (Raamsdonksveer)

Petrus-Emmausparochie in Krullendonk (Heesch) met pastor Pulles als voorganger

In 's-Hertogenbosch had de Oeteldonksche Club in 1961, bij de viering van het tachtigjarig bestaan, bisschop Bekkers uitgenodigd, maar deze vond de tijd nog niet rijp. In zijn afwijzing stelde hij 'dat voor het overgrote deel van de bevolking de figuur van een bisschop op een karnavaleske avond... een onverteerbaar stuk vooruitstrevendheid zal betekenen'. Toch was de kentering inmiddels onomkeerbaar en daar waar de burgerlijke overheid het feest had erkend en bevestigd kon de geestelijkheid uiteindelijk niet achterblijven. In de jaren zeventig ontstonden de eerste 'carnavalsmissen' waarbij de gelovigen verkleed ter kerke gingen. De geestelijkheid trachtte daarmee het carnavalsfeest onder haar invloedsfeer te krijgen en tegenwicht te bieden aan de dan al sterk opkomende ontzuiling. De daarmee gepaard gaande ontkerkelijking was er echter de oorzaak van dat de carnavalsmis, ofschoon zeer waardevol bevonden, steeds meer als een losstaande kerkelijke activiteit werd gezien.

Helvoirt

Klubkestreeën

Het klubkestreeën is in 1979 als 'Keiekruierstocht' ontstaan op initiatief van de kasteleins van Helvoirt. Het was een gezelligheidstocht voor iedereen boven de 12 jaar langs alle cafés. Aan de hand van een routebeschrijving kon men lopend, fietsend, met de auto of bolderwagen of elk ander carnavalesk versierd voertuig de weg afleggen. Op posten onderweg moesten opdrachten worden uitgevoerd, waarvoor punten te verdienen waren.

Wie alle posten binnen de toegestane tijd had aangedaan, kon prijzen winnen. Een gezellige middag stond voorop.
Deze tocht is blijven bestaan tot 1983. Toen werd de Keiekruierstocht omgezet in het Klubkestreeën. Op carnavalsmaandagmiddag wordt vanaf dat moment in Keiespellersdurp (Helvoirt) het zogenaamde Klubkestreeën gehouden. Dit is een soort open podium, waarbij in alle plaatselijke horecagelegenheden optredens worden verzorgd in de vorm van cabaret, moppentappen, sketches, gymnastische toeren, zang en dans. De variatie is groot; van smartlappenkoor tot André Hazes, van musical tot acrobatiek, van 'tonpraot' tot goochelacts. Men kan zowel individueel, als in duo's of groepen meedoen. Uiteraard doen ook carnavalsverenigingen mee. Zo is sinds 2006 de Raad van Elf (en separaat de aanhang van de Raad) onder de naam 'Naovenaant' als deelnemer present. De optredens zijn in iedere locatie gelijk. Het geheel wordt beoordeeld door een onafhankelijke jury, de zogenoemde 'Soc-ophouwers', bestaand uit oud-prinsen, -raadsleden en -bestuurders van de stichting. Het Klubkestreeën is de kraamkamer voor de Bonte Keiespellers-Aovonden. Veel talent dat hier optreedt, heeft zijn oorsprong in het Klubkestreeën. Ludiek en vooral leut om niets.

Raamsdonkveer

Jeugdsauwelen

Op veel plaatsen in Brabant komen we ze rondom de carnavalsdagen tegen: 'tonpraters', 'buutreedners', 'slappe kletsers' en meer van dit soort humoristen. In het Faantelaand (Raamsdonkveer) wordt hiervoor zelfs de jeugd opgeleid, middels het 'Jeugdsauwelen'. Kinderen tot 14 jaar - en sinds kort ook de 14-plussers - gooien zich in de strijd om gekroond te worden tot de beste Sauwelaar van Faanteland.

Kinderen die zelfverzekerd de ton in stappen, lekker brutaal de zaal in kijken, geweldige grappen maken, op een voortreffelijke wijze weten te timen, in prachtige creaties verschijnen en de zaal laten bulderen van het lachen; vol volwassen bewondering gadegeslagen. Het spotlicht is op hen gericht, ze staan eigenlijk 'vast' in een ton, er vaak helemaal alleen voor en de mensen in de zaal verwachten allemaal dat ze aan het lachen gemaakt worden. Een zware opgave, die niet mogelijk zou zijn zonder een goede begeleiding. Samen met ervaren sauwelaars, waaronder de meervoudig Brabants Kampioen Tonpraoten en winnaar van de Zilveren Narrenkap Andy Marcelissen, worden deze jeugdige sauwelaars intensief begeleid.

Met trots en enorme voldoening heeft de Veerse gemeenschap inmiddels mogen genieten van al zesenzestig kinderen die de afgelopen dertien jaar in de Fèrse sauwelton zijn verschenen. Dubbel gelegen van het lachen, tranende ogen en een brok in de keel vanwege de soms geweldige sauwelprestaties die er werden geleverd. Daarnaast heeft het Jeugdsauwelen een sterk sociaal-cultureel karakter. Binnen de totale gemeenschap is het namelijk al jaren een begrip, niet alleen vanwege de verrichtingen in de ton, maar ook de grote publieke belangstelling.

Deze jeugdactiviteit staat bij de Carnavals Organisatie Raamsdonkveer hoog in het vaandel. Het stimuleert vooral ook de jeugd om actief deel te nemen aan jongerenactiviteiten om zodoende de jeugd sociaal en cultureel op te voeden, zich creatief te ontplooien en op deze manier ook continuïteit te garanderen. In de hoop dat Raamsdonkveer straks meerdere opvolgers heeft voor inspirator en kartrekker Andy Marcelissen.

9 Een 'Brabants Eigen' carnaval

De Pliessie van Tullepetaonestad (Roosendaal)

Boerenkielen, carnavalsnamen en Raden van Elf

Bij de organisatie van de vooroorlogse carnavals hadden de grote steden zich voor een groot deel laten inspireren door eigen vondsten of namen van elkaar over wat paste. Vooral het zeer typische eigen spel dat een groepje jongelui in 1882 in 's-Hertogenbosch bedacht, stond jarenlang model voor de andere plaatsen. Het ontstaan van de Biemeewees in Breda, de naam van de eerste carnavalsprins daar in 1936, de oprichting van een Oeteldonksche Club in de jaren twintig in Vught (maar zelfs ook in Enschede en in Batavia!) zijn daar de meest opvallende voorbeelden van. In Bergen op Zoom bedacht men in de jaren dertig van de twintigste eeuw een geheel eigen variant, met Grootse Boer, Prins en Nar, die vooral na de oorlog vaste grond onder de voeten kreeg. In feite betrof het in beide gevallen het spel van een driedaagse schertsdorp van boeren en boerinnen die, onder leiding van de plaatselijke schertsnotabelen (Burgervaojer Peer vaan den Muggenheuvel en Grootste Boer), de Carnavalshoogheid ontvingen. Daarmee creëerden zij een uniek podium voor eigen-

tijdse goedaardige boertige parodie en persiflage. Het gebruik van de boerenkiel daarbij was van het begin af aan essentieel. Waar deze gewoonte ontstond, is niet duidelijk, maar feit is dat in 's-Hertogenbosch de boerenkieldracht al vóór het ontstaan van Oeteldonk met carnaval in zwang was geraakt. Het is in feite dé kostumering geworden van het Brabantse carnavalsfeest en symboliseerde de klasseloosheid en onderlinge verbondenheid gedurende het feest.
Beide rolmodellen hebben na de Tweede Wereldoorlog in Brabant veel navolging gekregen. Zo is de rol van veldwachter, in

Prins Mienus XI van Kaaiendonk (Oosterhout) met klein gevolg

Oeteldonk al in 1882, over de gehele provincie verspreid en kennen we onder de inmiddels ruim 50 carnavalsveldwachters onder andere 'Steketee' in Bergen op Zoom (1949), 'Thuur Piek' in Eindhoven (1954) en 'La Force' in Halsteren (1973). Van de carnavalsburgervaders, eveneens in Oeteldonk in 1882 voor het eerst, bezit Brabant er zo'n vijftien. Van de rol van nar, meer te traceren vanuit het Bergse carnaval, telt de provincie er zo'n vijftig. Een geheel eigen en uniek rollenspel betreft het optreden van Mijnheer de Baron Le Dernierre du Moment dat in 1959 in Ginneken werd bedacht. Ook het veranderen van de plaatsnaam is een gebruik dat we voornamelijk in Brabant zien. De Bergenaren noemden hun stad al in de Middeleeuwen 'Keijenburg' en Breda noemde zich in de achttiende eeuw 'Abdera'. In 1971 maakte de Bredase organisatie er 'Kielegat' van.
Toen 's-Hertogenbosch in 1882 zijn spel uitvond en de naam 'Oeteldonk' bedacht, vond dat niet direct navolging. Bergen op Zoom noemde zich eind negentiende eeuw sporadisch 'Krabbegat'. Pas na de Eerste Wereldoorlog werd dit gemeengoed. Vrijwel alle

Aankomst van de Prins van Krabbegat

Boerenbruiloft in Kaaiendonk (Oosterhout)

andere Brabantse dorpen en steden hebben deze gewoonte vanaf de oprichting van hun organisaties, in de jaren vijftig en verder, overgenomen. Inspiratie haalden zij uit een keur aan mogelijkheden: plaatselijke scheldnamen, gebreken, gewoontes, industrie en historie tot pure carnavaleske onzin toe. Bij een nieuwe plaats hoort ook een eigen vlag, zo moeten de organisatoren gedacht hebben. Die gewoonte, in Oeteldonk in ieder geval vanaf 1911 aantoonbaar, is vanaf de jaren zestig ook in de andere dan nieuw ontstane carnavalsplaatsen gangbaar geworden. Dit in tegenstelling tot bijvoorbeeld Limburg waar men het rood-geel-groen in alle carnavalsgemeenten voert.

Limburgs model

Maar niet alleen 's-Hertogenbosch en Bergen op Zoom hebben model gestaan. De diverse Limburgse verenigingen die zich in de steden manifesteerden en zelfs hier en daar mede het initiatief namen tot oprichting van plaatselijke organisatie, alsmede de carnavalsuitzendingen op televisie, misten hun uitwerking niet. De Rijnlandse viering, compleet met steken en fazantenveren, alsmede 'alaaf', Raden van Elf, buutredenaars en pronkzittingen werden veelal geheel gekopieerd en/of van eigen lokale bedenksels voorzien. Het bezit van een carnavalsprins als hoogste gezagsdrager en aanvoerder van het feest stamt eveneens uit de Rijnlandse traditie en werd in verschillende steden in de negentiende eeuw al, meestal tijdelijk, geïntroduceerd. De variant die men in Brabant aanbracht, was aanvankelijk de prinselijke kostumering die bestond uit een Bourgondisch kostuum met een platte pet en struisvogelveer. Die dracht is geen gemeengoed geworden. Ruim 90% draagt thans de gangbare Rijnlandse kostumering met steek en fazantenveren. Ook een typische Brabantse afwijking, en dat is bij zo'n vijftig van de ruim honderdzeventig prinsenfuncties het geval, is de gewoonte om een prins voor meerdere jaren aan te stellen. Dat varieert van maximaal twee jaar tot 'zolang hij dat wil'. Ook deze traditie werd ingezet in Oeteldonk waar vanaf 1884 Z.K.H. Prins Amadeiro II, tot aan zijn overlijden na het carnaval van 1894, 11 jaar regeerde. Met uitzondering van de eerste en derde Prins was de Oeteldonkse Hoogheid ook geen inwoner van de stad en zelfs lange tijd

De eerste Raad van Elf in Helmond

Tonpraotgala

van protestantse huize. Die gewoonte vinden we in nog negen andere Brabantse plaatsen. In de meeste gevallen worden de Prinsen bijgestaan door een of meerdere adjudanten en/of hofdames.
De functie en kostumering van de ruim 120 Raden van Elf is vrijwel geheel overgenomen vanuit de Rijnlandse traditie. Het betreffen hier over het algemeen groepen die als het decorum van de carnavalsprins fungeren De eerste keer dat van een Raad van Elf sprake was is in 1882 in Oeteldonk, al vormde deze toen het bestuur van de club en niet het gevolg van de Prins. De Raden van Elf die zich vanaf de jaren vijftig manifesteerden, kleedden zich voornamelijk naar Rijnlands model, dus in rokkostuum met steek.
De Rijnlandse buutredenaars-traditie is in Brabant pas midden jaren zeventig in zwang gekomen. Het spelen van typetjes met geparodieerde teksten en liedjes kreeg hier echter vaak een plaatselijke omschrijving met woorden als 'sauwelen', 'tonpraoten', 'zwetsen', 'leuteren' en 'kletsen'. In Helmond ontstond zelfs een 'Keijologische Hogeskool'. Het 'tonpraten' is echter veel meer in Midden-Brabant tot bloei gekomen.
Een ander, niet onbelangrijk, min of meer Rijnlands element dat zeer goed in het Brabantse spel paste, is dat van de Boerenbruiloft. Van Oeteldonk is een dergelijke gebeurtenis al in 1909 bekend. Het heeft zich echter vermoedelijk vanuit Venlo, waar vanaf 1912 boerenbruiloften werden gehouden, over Limburg

en in de jaren zeventig over het midden en noordoosten van Brabant verspreid.
Een zekere kentering naar een steeds meer eigen Brabants carnaval groeide in de jaren zeventig, waarbij steeds meer verenigingen hun 'Limburgse fazantensteek' aflegden en zich meer en meer in veelkleurige kielen gingen kleden.
Eigenlijk kan gesteld worden dat de Rijnlandse en vaak 'Bourgondisch' genoemde Brabantse varianten en plaatselijke vondsten in deze provincie met elkaar vermengd zijn geraakt. Daardoor is een uitermate wonderlijk en ongemeen kleurrijk carnavalspalet ontstaan met een unieke keur aan carnavalstradities en -evenementen met vaak zeer inventieve benamingen.

Boerenbruiloft in het Osekopperijk (Oss)

Helmond

Keijologische Hogeskool

Dat het carnaval ook wetenschappelijk kan worden benaderd, blijkt tijdens de zittingen van de Keijologische Hogeskool. In Helmond staat vrijdags voor carnaval de jaarlijkse plechtige zitting van de Keijologische Hogeskool op het programma. Deze Hogeskool, opgericht in 1972, bestudeert het leven van de 'homo carnavalensis' in het algemeen en van de Helmonder in het bijzonder.

De plechtige zitting bestaat uit drie onderdelen. Allereerst is het de beurt aan een 'Prebeerder'. Hij dient een bewijs van 'erremoei' af te leggen, waarna hij een jaar de tijd krijgt om te gaan studeren en een 'prufskrift' te schrijven, waarop hij het volgend jaar kan promoveren. Als tweede agendapunt staat de uitreiking van de Nobelprijs aan een bijzondere Helmonder van enige betekenis. Het hoogtepunt van de zitting is het verdedigen van het 'prufskrift' door het 'Promoventje', de Perbeerder van vorig jaar. Het college van elf professoren gaat de promovent stevig aanvallen op zijn prufskrift en de daarin geponeerde elf stellingen. Slaagt deze daarvoor, dan wordt hij officieel benoemd tot 'Doctor in de Keijologie'. Prins Briek zal de nieuwe doctor zijn doctorsbul uitreiken en hem voorzien van een hoge onderscheiding.

De eerste bul van deze unieke Hogeskool werd in 1973 uitgereikt aan Nol van Roessel met zijn prufskrift 'De vurdelen van het achterzeen'. Na hem zijn inmiddels velen gepromoveerd op prufskriften over onder andere de verdediging van de stad, over het meten met twee maten, over de herkomst van de Helmonder en zijn 'Iku, Hersens en goewd bai'. Ook op de medische kanten van de Helmonder en zijn Skoolkeus zijn studenten gepromoveerd. Na het behalen van de bul moge het duidelijk zijn dat er stevig wordt nagepraat onder het genot van menige vloeibare versnapering.

10 Naar het nu

Toeristisch succes – lokale deceptie

Dat het carnavalsfeest een commercieel interessant feest was, wist men in de negentiende eeuw al. Zowel in Breda als Bergen op Zoom, maar zeker in 's-Hertogenbosch werd dat belang keer op keer aangehaald wanneer men moest verdedigen hoezeer het behoud ervan diende te worden nagestreefd. Niet alleen zorgde het voor vertier voor de eigen inwoners, maar zeker ook trokken de bals en

Meekrapdurp (Stampersgat)

Optocht in Boemeldonk (Prinsenbeek)

openbare feesten veel publiek naar de stad. Op het einde van diezelfde eeuw reden al extra trams en treinen naar deze plaatsen om de vele vreemdelingen aan te voeren. Juist die vele 'buitenlanders' zorgden er ook voor dat het carnaval ontaardde, zoals in 1928 in 's-Hertogenbosch gebeurde, waardoor de festiviteiten dienden te worden ingeperkt. In 1946 stelde het Manifest van de Stichting Vastenavend Bergen op Zoom nog 'Vreemden kwamen hier om Carnaval te houden op hún wijze, een wijze die ons niet ligt, omdat ze een gevaar inhoudt èn voor onze eigen geaarde zeden en gewoonten èn voor de traditie'. Niettegenstaande dat verspreidde zich al weer snel na de oorlog de naam en faam van de drie grote carnavalsplaatsen en groeide het aantal bezoekers, niet alleen vanuit de directe

VAL PRINS
KLUPPEL PRINS
PRINS TONNIE
FIETS PRINS
45 km
TOURCLUB
IERLO-HOUT

Loopgroep in de optocht van Kluppelrijk (Mierlo-Hout)

omgeving, maar zeker ook vanuit plaatsen van boven de grote rivieren. De VVV-kantoren speelden daar maar al te graag op in, omdat het geld in het laatje bracht van de middenstand. Het carnaval werd in de jaren vijftig een toeristische trekpleister, langzamerhand steeds meer tot ongenoegen van de plaatselijke bevolking. De cafés raakten immers overbevolkt en waardoor je nog slechts met toegangskaarten naar binnen kon. Een ferme reactie kwam in 1965 van de Bossche VVV die in de krant liet schrijven 'Carnaval is op de eerste plaats van de Oeteldonkers zelf en niet een op de vreemdeling gericht feestindustrie'. Dat was toen echter nog tegen het zere been van de Oeteldonksche Club en natuurlijk de plaatselijke horeca. Ook in Oosterhout manifesteerde zich in 1968 tegenstand tegen dit 'probleem'. 'Hou oe bij oew'éige, hou'út Brabants!' zei men daar. Het probleem loste zich echter in de jaren daarna haast als vanzelf op. Met de zich steeds meer verbeterde financiële situatie konden de gezinnen zich ook steeds meer veroorloven: de wintersport kwam in zwang en trok velen naar koudere oorden. Daarnaast ontdekten de Brabanders ook steeds meer hun eigen carnaval in hun eigen plaats. De volle treinen vanuit onder nadere Oss, Tilburg en Eindhoven richting Oeteldonk en vanuit Tilburg en Rotterdam naar Breda en Bergen op Zoom, dunden langzaam uit. Daar kwam nog bij dat men ook boven de grote rivieren de eigenheid van het carnavalsfeest ontdekte en daar eveneens bloeiende carnavalsorganisaties op poten zette. Oplossingen om het nu teruglopende feest nieuwe impulsen te geven, zag men in optredens van bekende televisiepersoonlijkheden tijdens de diverse evenementen of men bedacht een onderscheiding voor een landelijk bekende persoon, hopend dat daarmee het carnavalsfeest meer bekendheid zou krijgen. Die verbreiding over geheel Nederland leidde er echter weer toe dat daar ook carnavalsliedjes werden geproduceerd die vaak van dubbelzinnige teksten waren voorzien. Dat veroorzaakte een stevige tegenwind vanuit de carnavalsprovincies die zich inzetten voor het behoud van het lokale karakter van het feest en dus van het carnavalslied. Liedjesfestivals onder de welluidende namen als Kwekfestijn (Oeteldonk), Blèèrfêês' (Breda), Loeiersfestijn (Veghel), Kaaikwèkavond (Oosterhout) en Grand Gala du Striep (Valkenswaard) brachten daarin definitief verandering en sedertdien had Brabant over een carnavalsliedjesarsenaal niets meer te klagen.

In de jaren tachtig en negentig ontstond een verschuiving van de viering door de ouderen die het feest meer en meer overdag gingen vieren en de cafés voor een groot deel 's avonds overlieten aan de jeugd met hun eigen muziek. De terugloop in de van de jaren zestig bekende brede belangstelling was echter, evenals de interesse voor bestuursfuncties, niet meer te stoppen. Carnaval en kermis waren allang niet meer de enige uitlaatkleppen van het jaar. Meer en meer moesten de carnavalsorganisaties duidelijk maken dat het hier om iets anders ging dan een drie dagen durende 'gekostumeerde' uitgaansavond. Steeds meer ervoeren de verenigingen het belang van de oorsprong en het eigen verhaal achter het feest.

Democratisering

Maar het waren niet alleen deze gevaren die de aloude vastenavondtraditie moest trotseren. De carnavalsorganisaties waren over

Optocht van Krabbegat (Bergen op Zoom)

het algemeen ontstaan uit de gegoede burgerij die wel alles vóór de carnavalsvierende clubs organiseerde, maar niet mèt. En dat laatste ontmoette in de jaren zestig steeds meer weerstand. Het waren de roerige jaren van een opkomend democratisch gevoel en dat trof ook de bastions van de koepelorganisaties. Begin jaren zestig moest Eindhoven, waar carnavalsvereniging De Volders aanvankelijk het heft in handen had genomen, er al aan geloven en kwam daar uiteindelijk een Federatie van Eindhovense Carnavals Verenigingen

tot stand die de algehele organisatie op zich nam. In Breda was het in 1965 een groep jongeren uit verschillende carnavalsverenigingen die met een machtsgreep trachtte verandering te brengen in de daar opererende BCV. De BCV stelde zich dan wel open voor de verenigingen, maar het was te weinig naar hun zin. In 1970 volgde een tweede golf en richtten de carnavalsverenigingen de Federatie van Carnavalsverenigingen op, die een flinke vinger in de pap eiste. In datzelfde jaar ontkwam ook de Oeteldonksche Club hier niet meer aan. Een eerder ingestelde herstructureringscommissie leidde tot de omzetting van de Vereniging in een Stichting met daarin, middels een 'Boerenparrelement', veel inspraak voor de verenigingen. Tegenhanger was ook in dit geval een juist daarvoor opgerichte Federatie van Carnavalsverenigingen die simpelweg zetels opeiste.

Carnaval was immers voor iedereen en een negentiende-eeuwse structuur van elitaire besturen paste daarin niet meer. Bergen op Zoom vormde op dit alles een uitzondering. Weliswaar roerden zich ook hier de carnavalsverenigingen, maar de Stichting Vastenavend had een beter antwoord op de tegenstand dan elders. Zij werkte nauw samen en toonde zich sterk oplossingsgericht.
Een ander grief bleek de afwezigheid van vrouwen in de organisatie en het protocollaire spel. Ondanks de telkens weer oplaaiende discussie bleef dat bestaan. Hier en daar introduceerden de organisatie een prinses of hofdames, al dan niet naast de prins, maar over het algemeen zakten de protesten weer terug in gelatenheid, genoegen nemend met de uitleg dat het nu eenmaal de traditie was.

's-Hertogenbosch

Driek Pakaon, veldwachter van den Oeteldonk

Dat carnaval het openbare leven op zijn kop zet, weten we allemaal. Dat zelfs de handhaving van de openbare orde dan zo anders is, zien we in veel dorpen en steden terug. In 's Hertogenbosch is normaal een groot politieapparaat, maar Oeteldonk heeft genoeg aan één veldwachter eerste klas: 'Driek Pakaon'.
De eerste Driek (in het echte leven Frans Stolzenbach) kreeg in 1882 de rol om de orde te handhaven, de mensen op te roepen om de straat vrij te houden en om de 'vrullie van de sjees van de Peer' (het vrouwvolk bij de Oeteldonkse burgemeester Peer vaan de Muggenheuvel) weg te houden. Toen Driek (Frans) na ruim dertig jaar zijn pak aan de wilgen hing, bleek dat hij zelf voor opvolging had gezorgd: zijn jongste zoon Toon nam het pak van zijn vader definitief over, al was hij

al wel eens ingevallen. Trots vervulde hij de rol van Driek Pakaon zelf ook meer dan dertig jaar. Toon werd benoemd tot Ridder in de orde van de Gekruisten Sabel met Gummistok. In de familie Stolzenbach zijn heel wat gesprekken gevoerd om zoon Cor ook over de streep te halen en de rol van zijn vader Toon over te nemen. Al begint Driek Pakaon III niet enthousiast aan zijn rol, toch zal ook hij haar bijna drie decennia volhouden, iets dat hem de hoogste Oeteldonkse onderscheiding opleverde: de Gouden Speld. Gelukkig stond de vierde Driek (Ton) toen te trappelen van ongeduld en werd het een erezaak om te zorgen dat de rol van Oeteldonkse veldwachter in de familie bleef. Een jaar na zijn benoeming werd dan ook al zijn mogelijke opvolger (Rob) geboren. Na 23 jaar vond de vierde Driek het genoeg en nam zijn zoon Rob op 22-jarige leeftijd het stokje over. Driek Pakaon V begon zeker zo enthousiast als zijn vader met de invulling van de rol en om te werken aan zijn opvolging ging hij tevens op zoek naar vrouwvolk; dit dus in tegenstelling tot de allereerste Driek, die ze juist weg moest houden! Wat zal deze vijfde Driek tijdens zijn zoektocht gezegd hebben: "Hier pak aon, hier hedde 'nne ring, en wilde meej me trouwe en un neij Driekske brouwe?" Hoe het ook zij, de nieuwe telg uit dit roemrijk geslacht is al in de leer!

11 Een toekomst vol creativiteit

Het Brabantse carnavalslandschap kent een ongekende diversiteit. Ook al is er vaak geen sprake van een ononderbroken vastenavond-traditie, vooral niet op de dorpen, dan nog valt er van alles te zeggen over het Brabants eigene van het feest. De openheid waarmee men het feest viert, de hang naar de eigen tradities en het ongekende enthousiasme van bestuurders om zich telkenmale in te zetten voor dit grootste gemeenschapsfeest van onze provincie verdient meer aandacht. Het behoort na al die jaren tot het patrimonium. Een feest dat in uiterlijkheid en viering zo verschillend is, bindt ons juist in die verscheidenheid van eigen lokale accenten door vondsten van minstens evenzovele creatieve

breinen. De uitdaging staat om het feest te laten voortbestaan juist door aanpassingen aan de tijdgeest zoals het in al die eeuwen al is geschied. Niet door klakkeloos vasthouden aan vastgeroeste en niet meer passende tradities, maar ook niet door klakkeloze overgave aan de grillen van het moment, altijd zoekend naar een evenredigheid in het krachtenveld tussen organisatie en de spontaniteit van het feest. De organisatie is geen doel op zich, maar een middel dat gebruikt wordt om paden te effenen, richting te geven en uitsluitend om de grond te bemesten waarop anderen met creativiteit en inventiviteit kunnen gedijen.

Verbranding Kiske en Mieske Breda, 1997

*'Het is een feest,
dat nimmer kan vergaan
dan met de mens.'*

Anton van Duinkerken
in 'Verdediging van carnaval', 1928

Carnavalsorganisaties in de provincie Noord-Brabant

Het betreft hier instellingen die in hun (deel)gemeente de respectievelijke evenementen (optochten etc.) organiseren en de Prins met zijn gevolg aanstellen. Opgenomen zijn die organisaties die de in het najaar 2010 door Erfgoed Brabant/Brabantse Carnavals Federatie/Oeteldonks Gemintemuzejum gehouden enquête hebben ingevuld. Vermeld zijn de plaatsnaam, carnavalsplaatsnaam, organisatienaam, oprichtingsdatum en de url van de respectievelijke websites. De redactie is niet verantwoordelijk voor foutief opgegeven namen.

Aalst (gemeente Waalre) – 't Ballegat
Carnavalsclub De Balletrappers (1974)
http://www.debaltrappers.nl

Achtmaal (gemeente Zundert) – Goudpoepersland
Carnavalsvereniging De Goudpoepers (1970)
http://www.cvdegoudpoepers.nl

Alphen (gemeente Alphen-Chaam) – Struivenlaand
Carnavalsstichting De Struivenbakkers (1959)
http://www.struivenbakkers.nl

Asten – Klotland
Carnavalsstichting De Klot (1961)
http://www.deklot.nl

Baarle-Nassau/Baarle Hertog – Smokkelgat
Carnavalsvereniging De Grenszuukers (1971)
http://www.grenszuukers.eu

Baarschot (gemeente Hilvarenbeek) – Knopspeldenrijk
Stichting De Knopspeldjes (1970)
http://www.comitebaarschot.nl

Bakel (gemeente Gemert-Bakel) – Pierewaaiersrijk
Carnavalsvereniging De Pierewaaiers (1963)
http://www.cvdepierewaaiersbakel.nl/

Beers (Gemeente Cuijk) – Bokkerijersrijk
Carnavalsvereniging De Bokkerijers (1969)
http://www.debokkerijers.nl

Bergeijk – Teutengat
Stichting Carnaval de Teuten (1960)
http://www.clubgids.com/cvdeteuten/

Bergen op Zoom – Krabbegat
Stichting Vastenavend (1946)
http://www.stichtingvastenavend.nl

Berkel-Enschot (gemeente Tilburg) – Knollevretersgat
Stichting Openbaar Karnaval Berkel-Enschot (1976)
http://www.knollevretersgat.nl

Berlicum (gemeente Sint Michielsgestel) – Dun Birrekoa
Carnavalsstichting Dun Blaouwun Beer (1967)
http://www.dunblaouwunbeer.nl

Best - Klompengat
Stichting Karnavalsfederatie Best (1965)
http://www.klompengat.nl

Beugen (gemeente Boxmeer) – De Verkeskopperiek
Carnavalsvereniging De Verkeskop (1965)
http://www.cvdeverkeskop.nl/

Bladel - Muggeziftersrijk
Carnavalsvereniging De Muggezifters (1971)
http://www.muggezifters.net

Boekel – Knollekesland
Carnavals Stichting De Knollekes (1959)
http://www.deknollekes.nl

Boerdonk (gemeente Veghel) – Zandhazenrijk
Carnavalsvereniging de Zandhazen (2009)
http://www.cvdezandhazen.nl

Borkel en Schaft (gemeente Valkenswaard) – Mulkgat
Carnavalsvereniging De Mulkslobbers (1979)
http://www.mulkslobbers.nl

Bosschenhoofd (gemeente Halderberge) – Smoorfreterslaand
Stichting Carnaval De Smoorfreters (1967)
Geen website

Boxtel – Indegat
Stichting Openbaar Carnaval (1963)
http://www.socboxtel.nl

Breda - Kielegat
Stichting Bredase Carnaval Viering (1936)
http://www.carnavalbreda.nl

Budel (gemeente Cranendonck) - Bokkenriek
Carnavalsvereniging Buulder Buk (1954)
http://www.buulderbuk.nl

Budel-Dorplein (gemeente Cranendonck) – Heiknuuterland
Karnavals stichting de Heiknuuters (1973)
http://www.heiknuuters.nl

Chaam (gemeente Alphen-Chaam) – Bonenpikkersland
Stichting Chaams Carnaval De Bonenpikkers (1958)
http://www.chaamsecarnaval.nl

Cromvoirt (gemeente Vught) – Kneutergat
Stichting Openbaar Carmaval Cromvoirt De Kneuters (1979)
http://www.kneuters.nl

Cuijk – Nölersriek
Stichting en Karnavalsgezelschap De Nölers (1959)
http://www.denölers.nl

Den Dungen (gemeente Sint Michielsgestel) – Krabberdonk
Stichting Krabberdonk (1969)
http://www.krabberdonk.nl

Deursen (gemeente Oss) – Schottelzakkenrijk
Carnavalsvereniging De Schottelzakken (1970)
http://www.schottelzakken.nl

Diessen (gemeente Hilvarenbeek) – Stopnaoldenrijk
Carnavalsvereniging De Stopnaolden (1963)
http://www.stopnaolden.nl

Dommelen (gemeente Valkenswaard) – Brouwersgat
Carnavalsvereniging De Pintenwippers van Brouwersgat (1958)
http://www.cvdepintenwippers.nl

Dongen – Peeënrijk
Stichting de Peeënstekers (1958)
http://www.peeenstekers.nl

Dussen (gemeente Werkendam) – Klaiendam
Carnavalsstichting De Klaitrappers (1965)
http://www.klaitrappers.nl

Eindhoven – Lampegat
Stichting Federatie Eindhovens Carnaval (1962/2009)
http://www.federatie-eindhovens-carnaval.nl

Empel (Gemeente 's-Hertogenbosch) – Slotgat
Stichting Carnaval 't Slotgat (1973)
http://www.slotgat.nl

Engelen (gemeente 's-Hertogenbosch) – Terpersdurp
Carnavalsvereniging de Terpers (1957)
http://www.terpers.nl

Erp (gemeente Veghel) – Empeldonk
Carnavalsvereniging De Uilen van Empeldonk (1963)
http://www.cvdeuilen.nl

Esbeek (gemeente Hilvarenbeek) – Haaikneuterrijk
Carnavalsvereniging De Haaikneuters (1964)
http://www.haaikneuters.nl

Etten (gemeente Etten-Leur) – Stijlorenrijk
Stichting Carnaval De Stijloren (1952/1973)
http://www.stijloren.nl

Gastel (gemeente Cranendonck) – Pintewippersrijk
Carnavalsvereniging De Pintewippers (1953)
http://www.depintewippers.nl

Geertruidenberg – Potteschijterslaand
Carnavalsstichting Geertruidenberg (?)
http://www.depotteschijter.nl

Geffen (gemeente Maasdonk) – Rottenrijk
Stichting Rottenrijk (1963)
http://www.rottenrijk.nl

Gemert (gemeente Gemert-Bakel) – Waeverstad
Gemertse Carnavals Stichting De Drumknaauwers (1961)
http://www.drumknaauwers.nl

Gemonde (gemeente Sint Michielsgestel) – Mullukzuipertjesland
Stichting Jeugdcarnaval De Mullukzuipertjes (1967)

Gilze (gemeente Gilze en Rijen) - Dringersgat
Carnavalsstichting De Leuttrappers (1958)
http://www.leuttrappers.nl

Ginneken (gemeente Breda) – 't Lestogenblik
Stichting Ginnekens Carnaval 't Lestogenblik (1959)
http://www.lestogenblik.eu/site/

Gerwen (gemeente Nuenen) – Het Narre-gat
Carnavalsvereniging De Narre-Kappen (1963)
www.narre-kappen.nl

Goirle - Ballefruttersgat
Stichting Karnaval Ballefruttersgat (1971)
http://www.ballefruttersgat.nl

Haagse Beemden (gemeente Breda) – Giegeldonk
Stichting Carnavals Commissie Giegeldonk (1980)
http://www.giegeldonk.nl

Haarsteeg – Haorendam
Organisatie Haorendam (?)
http://www.haorendam.nl

Haghorst (gemeente Hilvarenbeek) – Durdauwersgat
Carnavalsvereniging De Durdauwers (1967)
http://www.dedurdauwers.nl/

Halsteren (gemeente Bergen op Zoom) – Altere
Stichting Alterse Carnaval (1962)
http://www.stichtingaltersecarnaval.nl

Haps (gemeente Cuijk) – De Kiepekoi
Carnavalsvereniging De Zelfkant (1954)
http://www.dezelfkant.nl

Heeswijk-Dinther-Loosbroek (gemeente Bernheze) – Snevelbokkenland en Zandkruiersland
Stichting Carnaval Heeswijk - Dinther – Loosbroek (1972)
http://www.snevelbokkenland.nl/

Helmond – Keiebijtersstad
Stichting De Keiebijters (1962)
http://www.keiebijters.nl

Helvoirt (gemeente Haaren) – Keiespellersdurp
Stichting Openbaar Carnaval Helvoirtse Keiespellers (1967)
http://www.keiespellers.nl/

's-Hertogenbosch – Oeteldonk
Vereniging Oeteldonksche Club van 1882 (1882)
http://www.oeteldonk.org

Hilvarenbeek – Pezerikkengat
Stichting Openbaar Carnaval De Pezerikken (1971)
http://www.pezerikken.nl

Hooge Mierde (gemeente Reusel-De Mierden) – Haoiboerenrijk
Carnavalsvereniging De Haoiboerkes (1968)
http://www.haoiboerkes.nl

Hoogerheide (gemeente Woensdrecht) – Wjeeldrecht
Karnavalsstichting De Snoeken (1961)
http://www.ksdesnoeken.nl

Hooge Zwaluwe (gemeente Drimmelen) – Berenland
Carnavalsvereniging De Zwallekers (1969)
http://www.cvdezwallekers.nl/

Huijbergen (gemeente Woensdrecht) – 't Sanegat
Carnavals Stichting De Sanegeit (1962)
http://www.desanegeit.nl

Landhorst (gemeente Sint Anthonis) – Peelleuters
Carnavalsvereniging De Peelleuters (1975)
http://www.peelleuters.nl/

Langenboom (gemeente Mill en Sint Hubert) – Verkuskopperiek
Carnavalsvereniging De Verkuskoppe (1962)
http://www.verkuskoppe.nl/

Langeweg (gemeente Moerdijk) – Slikgat
Carnavals stichting de Slikgatse Kemphanen (1961)
www.slikgatsekemphanen.tk

Ledeacker (gemeente Sint Anthonis) – Het Hanenrijk
Carnavalsvereniging De Hanen (1982)
http://www.dehanen.nl/

Leende (gemeente Heeze-Leende) – Blaosdonk
Carnavalsvereniging De Lindse Blaos (1961)
http://www.delindseblaos.nl/

Lepelstraat (gemeente Bergen op Zoom) – de Straot
Stichting Karnaval Lepelsstraat (1961)
http://www.stichtingstraotsekarnaval.nl

Lierop (gemeente Someren) – Kaauwvoetjesland
Carnavalsvereniging De Kaauwvoetjes
Geen website

Liessel (gemeente Deurne) – Keienland
Carnavalsstichting De Kei (1955)
http://www.csdekeien.nl

Maarheeze (gemeente Cranendonck) – Muuzegat
Stichting Carnavalsvereniging De Muuzevangers (1969)
http://www.muuzevangers.nl

Made (gemeente Drimmelen) – de May
Carnavalsstichting De Mayenèrs (1958)
http://www.mayeners.nl

Megen (gemeente Oss) – Keiendonk
Carnavalsvereniging De Keiendonkers (1960)
http://www.keiendonkers.nl

Mierlo-Hout (gemeente Helmond) – 't Hout
Carnavalsvereniging De Houtse Kluppels (1962)
http://www.kluppels.nl

Mill (gemeente Mill en Sint Hubert) – Gèrmelaand
Stichting Carnaval Mill ut Gèrmelaand (1958)
http://www.germelaand.nl

Moergestel (gemeente Oisterwijk) – Pierewaaiersrijk
Carnavalsvereniging De Pierewaaiers (1962)
http://www.cvdepierewaaiers.nl

Nederwetten (gemeente Nuenen, Gerwen en Nederwetten) – Wetterland
Carnavalsvereniging De Wetters (1974)
http://www.dewetters.nl/

Neerkant (gemeente Deurne) – Ulewappersrijk
Carnavalsvereniging De Ulewappers (1960)
http://www.cvdeulewappers.nl

Netersel (gemeente Bladel) – 't Hupke
Carnavalsvereniging De Buntstèkers (1976)
http://www.cvdebuntstekers.com

Nistelrode (gemeente Bernheze) – Weversrijk
Carnavalsstichting De Wevers (1967)
http://www.de-wevers.com/

Nuenen – Dwèrsklippelgat
Carnavalsvereniging De Dwèrsklippels (1957)
http://www.dwersklippels.nl

Nuland (gemeente Maasdonk) – Waoterrijk
Stichting Carnavalsorganisatie Nuland (1970)
http://www.waoterrijk.nl/

Oeffelt (gemeente Boxmeer) – Leemkuul
Stichting De Leemknèjers (1958)
http://www.leemknejers.nl

Oijen (gemeente Lith) – Bokkenrijk
Carnavals Stichting De Bokkenrijders (1966)
http://www.debokkenrijders.nl

Oirschot – Skôn Orre Gat
Stichting Skôn Orre Gat (1874)
http://www.skonorregat.nl

Oisterwijk – Döllekesgat
Vereniging Samenwerkend Oisterwijks Karnaval (1972)
http://www.dollekesgat.nl

Oosterhout – Kaaiendonk
Oosterhoutse Carnaval Stichting De Smulnarren (1955)
http://www.smulnarren.nl

Oploo (gemeente Sint Anthonis) – Spurriebuukerijk
Carnavalsvereniging Spurriebuuken (1961)
http://www.spurriebuuken.nl/

Oss - Ossekoppenrijk
Stichting Carnavalsviering Oss (1964)
http://www.scvo.nl/

Optocht Rijsbergen 2010

Ossendrecht (gemeente Woensdrecht) – Ostrecht
Carnavalsstichting d'Ossekoppe (1960)
http://ossekoppe.hyves.nl

Oud-Gastel (Gemeente Halderberge) – Vastelaovedzottelaand
Stichting Karnaval De Vastelaovedzotte (1961)
http://www.vazoudgastel.com

Overlangel-Neerloon-Keent (gemeente Oss) – Nachtgraversrijk
Carnavalsvereniging De Nachtgravers (1974)
http://www.cvdenachtgravers.nl/

Overloon (gemeente Boxmeer) – Huibuukeland
Stichting De Heibuuke (1955)
http://www.huibuuke.nl/

Princenhage (gemeente Breda) – 't Aogje
Stichting Carnavalsclub 't Aogje (1956)
http://www.cctaogje.nl

Prinsenbeek (gemeente Breda) – Boemeldonck
Beekse Algemene Carnavalsstichting (1966)
http://www.boemeldonck.nl

Putte (gemeente Woensdrecht) – Put en Buntland
Stichting Carnaval De Grensneus (1963)
http://www.scdegrensneus.nl

Raamsdonksveer (gemeente Geertruidenberg) – Faantelaand
Stichting Carnavals Organisatie Raamsdonksveer (1981)
http://www.de-cor.nl

Reek (gemeente Landerd) – Kêlerijk
Carnavalsvereniging De Kêleströpers (1962)
http://www.kelestropers.nl

Reusel (gemeente Reusel-De Mierden) – Narrendonk
Stichting Karnaval Reusel (1989)
http://www.narrendonk.nl

Riel (gemeente Goirle) – Kaaiengat
Rielse Carnavals Stichting De Kaaien (1970)
http://www.rcsdekaaien.nl/

Riethoven (gemeente Bergeijk) – Bremspoersengat
Carnavalsvereniging De Bremspoersen (1963)
http://www.bremspoersen.nl

Rijen (gemeente Gilze en Rijen) – Wringersgat
Rijense Carnavals Stichting (1968)
http://www.carnavalrijen.nl/

Rijkevoort (gemeente Boxmeer) – Blubberdam
Vereniging De Belleblaozers van Blubberdam (1961/1979)
http://www.debellebloazers.nl/

Rijsbergen (gemeente Zundert) - Aopelaand
Carnavalsvereniging De Aopelaanders (1958)
http://www.aopelaanders.nl

Roosendaal – Tullepetaonestad
Stichting Carnaval Roosendaal (1959)
http://www.tullepetaonsnieuws.nl

Rosmalen (gemeente 's-Hertogenbosch) – Zandhazendurp
Stichting Vrienden van het Rosmalens Carnaval (1964)
http://www.zandhazendurp.nl

Rucphen – Kraaierijk
Rucphense Carnavalsstichting (1967)
http://www.kraaierijk.nl

Sambeek (gemeente Boxmeer) – Knoepersriek
Carnavalsvereniging De Knoepers (1959)
http://www.deknoepers.nl/

Schaijk (gemeente Landerd) – Moesland
Stichting Carnaval De Moeslanden (1958)
http://www.moesland.nl

Schijndel – Schorsbos
Stichting Karnaval Schijndel - PC de Hopplukkers (1955)
http://www.schorsbos.nl/

Sint Anthonis – Zeikmeikenrijk
Carnevalsvereniging De Uutlaot (1957)
http://www.uutlaot.nl/

Sint Michielsgestel – Bokkendonk
Stichting Federatief Carnaval Bokkendonk (1955)
http://www.bokkendonk.nl

Sint Oedenrode – Papgat
Carnavalsstichting Papgat (1958)
http://www.papgat.com

Sint Willebrord (gemeente Rucphen) – Heikneuterslaand
Stichting Carnaval De Heikneuters (1959)
http://www.heikneuters.com/

Soerendonk (gemeente Cranendonck) – Roesdonk
Carnavalsvereniging De Roesdonkers (1961)
http://www.cvderoesdonkers.nl/

Son en Breugel – Krutjesgat
Carnavalsvereniging de Krutjesrapers (1959)
http://www.dekrutjesrapers.nl

Someren – de Meerpoel
Carnavalsvereniging De Meerpoel (1964)
http://www.cvdemeerpoel.nl

Someren-Eind (gemeente Someren) – de Plattevonder
Carnavalsvereniging De Plattevonder (1956)
http://www.cvdeplattevonder.nl/

Someren-Heide – Land van de Keijepaal
Carnavalsvereniging De Keijepaol (1962)
http://www.cvdekeijepaol.nl/

Spoordonk (gemeente Oirschot) – Olliedonk
Carnavalsvereniging De Olliedonkers (1965)
http://www.olliedonkers.nl

Sprundel (gemeente Rucphen) – Nachtuilenrijk
Sprundelse Carnavalsstichting De Nachtuilen (1969)
http://www.denachtuilen.nl

Stampersgat (gemeente Halderberge) – Meekrapdurp
Carnavalsvereniging De Meekrap (1952)
http://www.everyoneweb.com/demeekrap/

Sterksel (gemeente Heeze-Leende) – Osserijk
Carnavalsvereniging De Ossedrijvers (1964)
http://www.ossedrijvers.nl

Terheijden (gemeente Drimmelen) – Traaie/Schraanersrijk
Traaise Carnavalsvereniging De Schraansers (1959)
http://www.schraansers.nl

Teteringen (gemeente Breda) – Totdenringen
Stichting Algemene Karnavals Viering De Sikken (1966)
http://www.akvdesikken.nl

Tilburg – Kruikenstad
Carnavalsstichting Tilburg (1965)
www.kruikenstad.nl

Uden – Knoerissenrijk
Carnavalsstichting De Knoerissen (1965)
http://www.knoerissen.nl

Udenhout (gemeente Tilburg) – Haozenpot
Stichting Karnaval Udenhout (1970)
http://www.skudenhout.nl

Ulicoten (gemeente Baarle-Nassau) – Haaikneuterslaand
Stichting Carnavalsvereniging De Haaikneuters (1968)
Geen website

Ulvenhout (ged. gemeente Breda) – Bosuilendorp
Stichting Ulvenhouts Carnaval (1966)
http://www.bosuilendorp.nl

Valkenswaard – Striepersgat
Stichting Carnavalsviering Striepersgat (1953)
http://www.striepersgat.nl

Veghel – Kuussegat
Carnavalsvereniging De Kuussegatters (1968)
http://www.kuussegatters.nl

Veldhoven – Rommelgat
Stichting Organisatie Karnaval (ca.1960)
http://www.rommelgat.nl

Velp (gemeente Grave) – Zandkruiersrijk
Carnavalsvereniging De Zandkruiers (1965)
http://www.zandkruiers.nl/

Vessem (gemeente Eersel) – Struifdonk
Carnavalsvereniging De Spekstruiven (1966)
http://www.spekstruivenvessem.nl/

Vinkel (gemeente Maasdonk) – Kafland
Carnavalsstichting de 5 gehuchten (1970)
http://www.de5gehuchten.nl

Volkel (gemeente Uden) – Pieperland
Carnavalsvereniging De Piepers (1965)
http://www.cv-depiepersvolkel.nl

Vught – Dommelbaorzedurp
Vereniging carnavalsorganisatie Dommelbaorzedurp (1953)
http://www.dommelbaorzedurp.org

Waalre – Keiengat
Algemene Waalrese Carnavalsvereniging De Keien (1966)
http://www.keien.nl

Waalwijk – Schoenlapperslaand
Centrale Carnavals Vereniging Schoenlapperslaand (1978)
http://www.schoenlapperslaand.nl

Wagenberg (gemeente Drimmelen) – Erpelrooiersland
Comité De Erpelrooiers (1964)
http://www.erpelrooiers.nl

Wanroij (gemeente Sint Anthonis) – Paddenriek
Carnavalsvereniging 't Paddenriek (1960)
http://www.paddenriek.nl

Wernhout (gemeente Zundert) – Zaantaozelaant
Carnavalsvereniging De Zaantaoze (1980)
http://www.cvdezaantaoze.nl/

Westerbeek (gemeente Sint Anthonis) – Den Twist
Carnavalsvereniging De Twisse Tusstèkers (1978)
http://www.tusriek.nl/

Westerhoven (gemeente Bergeijk) – Koffiegat
Carnavalsstichting De Koffieleuters (1956)
http://www.dekoffieleuters.nl

Wouw (gemeente Roosendaal) – Paplaand
Stichting Vrienden van Carnaval Wouw (1959)
http://www.paplaand.nl

Zeeland (gemeente Landerd) – Smousenland
Stichting Carnaval De Smouskes (1963)
http://www.smouskes.nl

Zegge (gemeente Rucphen) – Grasduinersdorp
Stichting Kinder Karnaval Zegge (1967)
http://www.grasduinersdurp.nl

Zeilberg (gemeente Deurne) – Pottenbakkersrijk
Carnavalsstichting De Pottenbakkers (1965)
http://www.pottenbakkers.nl

Zevenbergen (gemeente Moerdijk) – Zeuvebultelaand
Stichting Carnaval Zevenbergen (1962)
http://www.stichtingcarnavalzevenbergen.nl

Zundert – Banaonblussersrijk
Carnavalsvereniging De Banaonblussers (2002)
http://www.banaonblussers.nl

Carnavalsmuseum 'Oeteldonks Gemintemuzejum'

Carnaval kent vele namen, het is een wereldomvattend feest met wortels in oude heidense rituelen. Volgens de overlevering staat het symbool voor de terugkeer van warmte, licht en vruchtbaarheid en verwijst het naar het aanbreken van nieuw leven.
Het Oeteldonks Gemintemuzejum besteed uitgebreid aandacht aan de historie van dit oude volksfeest. Men gaat in op de mondiale, nationale en regionale beleving en laat deze in vier stromingen zien. Aan de hand van attributen als maskers, kostuums, muziekinstrumenten, affiches, schilderijen, gravures e.d. wordt een beeld geschetst van de wonderlijke historie. Er zijn geluids- en beeldunits waar het feest helemaal tot leven komt. Uiteraard komt daarbij ook het mondiaal unieke Oeteldonkse carnaval aan bod.

Het museum is gehuisvest in het herbouwde poortgebouw van het vijftiende-eeuwse Zusters van Orthenklooster, gelegen langs het idyllische stadsriviertje de Binnendieze. Het is het gehele jaar dagelijks geopend van dinsdag tot en met zondag van 13.11 uur tot 17.11 uur. Uitgezonderd zijn Tweede Kerstdag, Nieuwjaarsdag en de carnavalsdagen.

Oeteldonks Gemintemuzejum
Zusters van Orthenpoort 20-27
5211 ND 's-Hertogenbosch
tel. 073-6130199
info@gemintemuzejum.org
www.gemintemuzejum.org

Brabantse Carnavals Federatie

Beschermheer: dr. W.B.H.J. van de Donk, Commissaris der Koningin in de Provincie Noord-Brabant.

De Provincie Noord-Brabant beschikt over zo'n 240 koepelorganisaties op het gebied van carnaval. Zij zijn verantwoordelijk voor de aanstelling van de protocollaire personen en de evenementen tijdens het carnavalsfeest. Daarnaast zijn er nog de talloze carnavalsverenigingen die als bouw- en/of muziekclubs zorg dragen voor optochtdeelname en muzikale omlijsting. Het organiseren van een groots volksfeest als het carnaval is geen sinecure. Er zijn tal van belangen mee gemoeid, van veiligheid tot zakelijke belangen. De op 11 januari 2008 opgerichte Brabantse Carnavals Federatie helpt de organisaties daarbij door middel van informatie, facilitering en behartiging van gezamenlijke belangen. De vereniging heeft ten doel: 'het in stand houden en bevorderen van waardige lokale carnavals/vastenavondvieringen, gebaseerd op de lokale tradities als uitingen van de levende volkscultuur en folklore in de Provincie Noord-Brabant en daardoor een bijdrage te leveren aan het culturele en maatschappelijke leven in Noord-Brabant'.

secretariaat@brabantsecarnavalsfederatie.nl
www.brabantsecarnavalsfederatie.nl

GERAADPLEEGDE LITERATUUR

- *Krantencollectie, 1758-1940*. Koninklijke Bibliotheek Den Haag
- Akker e.a., Cor van den, *33 Jaor dun Blaouwun Beer*. Stichting dun Blaouwun Beer, 2000.
- Anoniem. *Vastenavond – 't Sjagrijn bedwongen*. Stichting Alterse Carnaval en Heemkundekring 'Halcherth', 1995.
- Anoniem. *1958-2002 - 44 Jaar Carnaval in Dongen*. Stichting de Peeënstekers, 2002.
- Bakker, Alphons, *1964-2008 Vier kèrres Elluf – Carnaval in Oss*. SCVO, 2008.
- Bastiaansen, Jan, *Carnavalsvereniging de Aopelaanders – Rijsbergen, 1958-1983*. Rijsbergen, 1983.
- Beer e.a., Esther de, *4x11 Kruikenstad*. Carnavalsstichting Tilburg, 2008.
- Borghouts, Theo. *'Tis nie te fillumme – 66 Jaar BCV*. Stichting Bredase Carnaval Viering, 2002.
- Broekhoven e.a., Ad van. *Achter 't masker van de leut, 1951-2006*. Stichting Oudenbossche Karnaval, 2006.
- Broeksteeg e.a., Tonn, *1964-1986 Twè kèrres elluf – Carnaval in Oss*. Stichting Carnaval Oss, 1986.
- Coolen, Edwin, *Carnaval tussen Peel en Kempen: een dwèrs carnaval*. Katholieke Universiteit Nijmegen, 2001.
- Diverse auteurs. *Carnaval: niet van gisteren – zes voordrachten*. Het Noordbrabants Genootschap, 1981.
- Diverse auteurs. *Carnaval. In Tijdschrift over tradities en tijdsverschijnselen*. Stichting informatiecentrum Volkscultuur, 1986.
- Diverse auteurs. *Ge wit nie wagge ziet – 55 jare vastenavend in 't Krabbegat*. Stichting Vastenavend, 2000.
- Diverse auteurs. *Lieve, lieve mensen... - 44 jaar Stichting Karnavalsfederatie Best*. Stichting Karnavalsfederatie Best, 2009.
- Duinkerken, Anton van. *Verdediging van Carnaval*. De Gemeenschap, 1928.
- Fens sr. e.a., Kees, *44 Jaar carnaval in Breda*. Stichting BCV, 1980.
- Fransen, Drs.Theo. *Carnaval Ontmaskerd*. De lijster, 1981.
- Fransen & Gerit Gommans, Theo, *Carnaval in Nederland – Alaaf!*. Spectrum boeken, 1984.
- Gamers e.a., Pètry, *22 Jaar Faantelaand*. Verse Hoeven, 1996.
- Gouw, Jan ter, *De Volksvermaken*. Erven F.Bohn, 1871.
- Groot, Frans de, *Carnaval in Brouwersgat, Mulkgat, Striepersgat*. Valkenswaard, 1983.
- Hezewijk en Jan de Vet, Mariëlle van, *De aandere kaant van Gils – 44 jaar carnaval in Dringersgat*. Algemene Gilzer Carnavalsstichting De Leuttappers, 2002.
- Ierland, John van, *De Mommerij – Carnavalsverhalen uit Breda*. Stichting BCV, 2004.
- Ierland, John van, *Bokkesprongen – 44 jaar carnaval Teteringen*. Van Ierland Uitgeverij, 2010
- Kock, Sjef, *Carnaval 44 jaar Hatsikedee! - 44 Jaar Oosterhoutse Carnaval*. Carnavalsstichting De Smulnarren, 1999
- Kock, Sjef, *Van onbeboomde bossen en dorre waterlopen – De historie van carnaval in Oosterhout*. Kaaiendonks Carnavalsmuseum, z.d.
- Kooijman, Gerard, *De Theebukkers van 44 naar 55 jaar Carnaval*. De Theebukkers, 2008.
- Laar en Nol van Roessel, Rob van de, *De Oeteldonksche Club 99 jaar*. Biblo BV, 1981.
- Laar, Rob van de, *Historie van het Oeteldonks Carnaval. In Ach Lieve Tijd, nr 4*. Waanders, 1992.

- Laar, Rob van de, *Unnen hillen tèd niks, veul volk, de pliesie en dan... De Oeteldonksche 'Grote Optochten', 1882-2004.* Adr. Heinen, 2005.
- Lijssel, Piet van, *Osse op zunne kop – de voorgeschiedenis van het Osse carnaval. 2010* (in concept)
- Luijbregts, Betke, *44 Jaar Striepersgat.* Stichting Carnavalsviering Striepersgat, 1997.
- Mooij, Charles de, *Vastenavond – Carnaval, feesten van de omgekeerde wereld.* Waanders, 1992.
- Orloff, Alexander. *Karneval Mythos und Kult.* Perlinger Verlag, 1980.
- Peeters en Johan Wagemakers, Piet, *44 Jaar Vastelaovedzottelaand: "Nog lang nie uitgespeuld".* Stichting Karnaval "De Vastelaovedzotte", Oud-Gastel, 2004.
- Raay, John van, *De Boxmeerse Metworst en haar Koningen.* Drukkerij Schoth, 1990.
- Rasenberg, Piet. *'t Aogje 'n blom van 22 – 22 jaar carnaval in Princenhage.* Stichting C.C. 't Aogje, 1978.
- Rooijakkers, Gerard, *Rituele repertoires – Volkscultuur in oostelijk Noord-Brabant 1559-1853.* SUN, 1994.
- Schaepkens e.a. *Tot Kuussegat – 22 jaar Kuussegat. In Van Vehchele tot Veghel,* Heemkundekring Vehchele, 1991.
- Schrijver, Jan, *'Van de Prins gin kwaod'- 't Gôols carnaval, van verleden tot heden.* Stichting Karnaval Ballefrutters, 2002.
- Siegmund, Wim, *De geschiedenis van het Ginnekens canaval en de carnavalsorganisatie 't Lestogenblik.* Stichting Annex-50 Ginneken, 1996.
- Snoek e.a., Ella. *'t Spoort al 33 jaor.* Beeckse Algemene Karnavalsstichting, 1998.
- Sommen, Willem van der. *Lampegats Carnaval – een cultuurhistorisch overzicht.* Aprilis, 2004.
- Spapens, Paul, *Vrouwke, 't is vastenaovond – de geschiedenis van vier eeuwen vastenavond en carnaval Tilburg.* Carnavalsstichting Tilburg, 1996.
- Spapens, Paul, *De Bouwers – hoe Tilburgse carnavalswagens ontstaan.* Gemeente Tilburg, 2008.
- Stomps en Kees Kok, Ruby, *Ons carnavaleske land.* Tescah, 1991.
- Vanwesenbeeck, Cees van, *De Bergse Vastenavond vóór 1940.* Geschiedkundige Kring van Stad en Land van Bergen op Zoom, 1983.
- Vanwesenbeeck, Cees van, *700 jaar West-Brabant, de Westbrabanders en hun carnaval.* In Ách Lieve Tijd nr.7. Waanders, 1995.
- Ven, D.J. van der, *Het Carnavalsboek van Nederland.* Batteljee & Terpstra, 1941.
- Verhagen, Ruud, *50 jaar carnaval in Geffen.* Carnavalsstichting Rottenrijk, 2006.
- Verpalen, Dr. M.P.A.M., *De betoverde stad – carnaval en feestarchitectuur in Bergen op Zoom.* Stichting Zuidelijk Historisch Contact, 1992.
- Versluis en Burthy Matthijs, *Edde Gij 'T?! – een greep uit de vastenavend 'frutterijen'.* Quist Boekhandel, 2002.
- Janssen en Jan Wijtmans, Han, *Zo heurt 't!, zo doen we da!, zo zit 't in mekaor! – Dommelbaorzedurps boekje Protocol.* Vught, 1997.
- Wijtmans e..a., Jan, *55 Jaar Dommelbaorzedurp.* Vught, 2008.
- Willemsen, Jan, *Tussen vieren en vijven – 55 jaar Bredaas carnaval.* Stichting BCV, 1991.
- Wit, Sjef de, *Carnaval of Vastenavend – 'gewôon oew eige zijn'.* Stichting Vastenavend Bergen op Zoom, 2006.

Fotoverantwoording

omslag voorzijde: Hans van der Poel
pag. 2: Jenny Aarts-van Gils. Prinsenbeek collectie BAK
pag. 6/7: Frank van Rossum
pag. 9: Kopenhagen, Nationaal Museum
pag. 10: Marmeren beeld van Gian Lorenzo Bernini, 1620. Rome, Galleria Borghese
pag. 15: Houtsnede van Pieter van der Heyden, 1570 's-Hertogenbosch, Noordbrabants Museum
pag. 16: Gravure naar Adriaen van de Venne, vroeg 17e eeuw 's-Hertogenbosch, Oeteldonks Gemintemuzejum
pag. 17: Olieverf op paneel van Pieter Bruegel, 1559. Wenen, Kunsthistorisches Museum
pag. 18: Jheronimus Bosch, eind 15e eeuw. Parijs, Musée du Louvre
pag. 19: Gravure van J.Luyken, 17e eeuw. Particuliere kollektie
pag. 20: Bergen op Zoom, Markiezenhof
pag. 23: 's-Hertogenbosch, stadsarchief
pag. 24: Foto Stadsarchief 's-Hertogenbosch
pag. 25: Gravure 18e eeuw. Particuliere collectie
pag. 26/27: Tom Pennings, 2010
pag. 29: 's-Hertogenbosch, Stadsarchief
pag. 30: Bergen op Zoom, Historisch Centrum Het Markiezenhof
pag. 31: 's-Hertogenbosch, Stadsarchief
pag. 31: Tilburg, Archief Nederlandse Provincie van de Redemptoristen/RHC Tilburg
pag. 34: Universiteit van Tilburg, Brabantcollectie
pag. 35: Olieverf op doek, Anoniem
pag. 36: 's-Hertogenbosch, Oeteldonks Gemintemuzejum
pag. 37: Bergen op Zoom, Historisch Centrum Het Markiezenhof
pag. 39: Pierre Weijnen. 's-Hertogenbosch, Oeteldonks Gemintemuzejum
pag. 40/41: vereniging de Metworst, 2009
pag. 43: Gewassen pentekening door Jef van Hout 1936 Bergen op Zoom, Historisch Centrum Het Markiezenhof
pag. 45: Bergen op Zoom, Historisch Centrum Het Markiezenhof
pag. 46: A. Henning. Breda, Stadsarchief
pag. 47: Particuliere collectie
pag. 48: Jacky Geurts
pag. 51: Olieverf op doek, Louis Weijts 1951. Bergen op Zoom, Markiezenhof
pag. 52: 's-Hertogenbosch, Oeteldonks Gemintemuzejum
pag. 53: Breda, Stadsarchief
pag. 55: 1974. Gemeentearchief Roosendaal
pag. 56/57: collectie Piet van Lijssel
pag. 58: 1961 Tilburg, Regionaal archief
pag. 62: Stan Jaspers
pag. 49: Hennie Nijssen, 2010
pag. 61: carnavalsorganisatie Raamsdonksveer, 1999
pag. 63: H.Thijssen, 2010.
pag. 66: Rembrandt, 1957. Roosendaal Gemeentearchief
pag. 68: Albert Joosen 2009
pag. 69: Regionaal Archief Tilburg
pag. 70: 1931 Regionaal Historisch Centrum Eindhoven
pag. 76: Tom Pennings, 2010
pag. 79: Albert Joosen, 2009
pag. 82: Pierre Weijnen
pag. 82/83: Fotopersbureau Het Zuiden 1964
pag. 84: Jan Verhoeff
omslag achterzijde: Regionaal Archief Tilburg

De samenstellers hebben er alles aan gedaan de herkomst van de gebruikte foto's te achterhalen. Mocht dit overzicht toch nog onjuistheden of onvolledigheden bevatten, dan verzoeken wij de rechthebbenden contact op te nemen met de redactie.